# コラージュ川柳

by 淀川テクニック

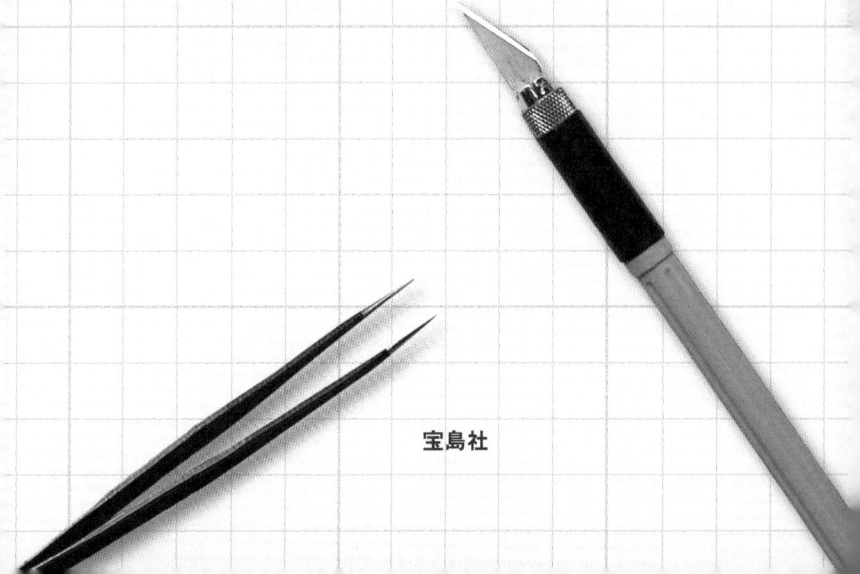

宝島社

ズワイガニ　人間宣言　説明会

カニ
人間
KANI LIFE
PLANNING
イラスト：五月女ケイコ

# コラージュ川柳［目次］

# はじめに

「コラージュ川柳」は二〇一一年に現代美術家である僕が生み出した言葉遊びです。やり方は簡単です。まず新聞や広告、雑誌など身の周りの印刷物から五文字と七文字の言葉を切り抜きます。

それを五七五と三枚合わせて川柳を詠《よ》みます。

見かけはなんだか昔のドラマに出てきた脅迫状みたいな感じですよね。

でも、切り抜きで川柳を作ると、思いもよらない言葉の組み合わせが生まれます。

時には突拍子のないストーリーや、プッと笑ってしまうような句が出来上がります。

本書にはこれまで僕が「コラージュ川柳公式X @collage575」上で発表してきた句の中から選りすぐりの名作が収められています。

「コラージュ川柳」は元々、手を動かしながら色んな人に遊んでもらえる企画として考案したものです。川柳のルールがわかり、印刷物とちょっとした工作道具があれば誰でも作ることが出来ます。

作り方のコーナーもあるので、ぜひご自分で試してみてください。

本書の中では様々な分野でご活躍中の方に作っていただいた「コラージュ川柳」も収録しています。

また、面白い「コラージュ川柳」のポイントの一つに「頭の中に絵が浮かぶようなもの」というのがあります。そんな句を漫画家やイラストレーターの方々にご覧いただき、それぞれ頭に浮かんだ絵を描いていただきました。

そのおかげで、恐ろしいくらい豪華《ごうか》な本が生まれました。

この本はどのページから見ても、ひとりで見てもみんなで見ても楽しんでいただけることでしょう。

言葉遊びだけれど意外と奥が深い「コラージュ川柳」の世界をお楽しみください。

淀川《よどがわ》テクニック

# 第1章 「コラージュ川柳」傑作選 ①

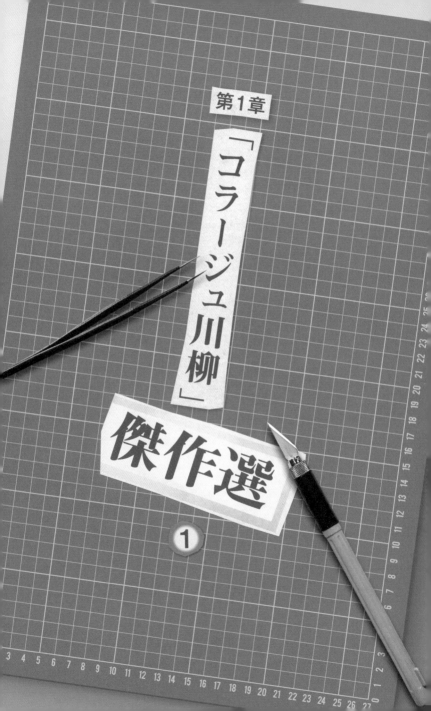

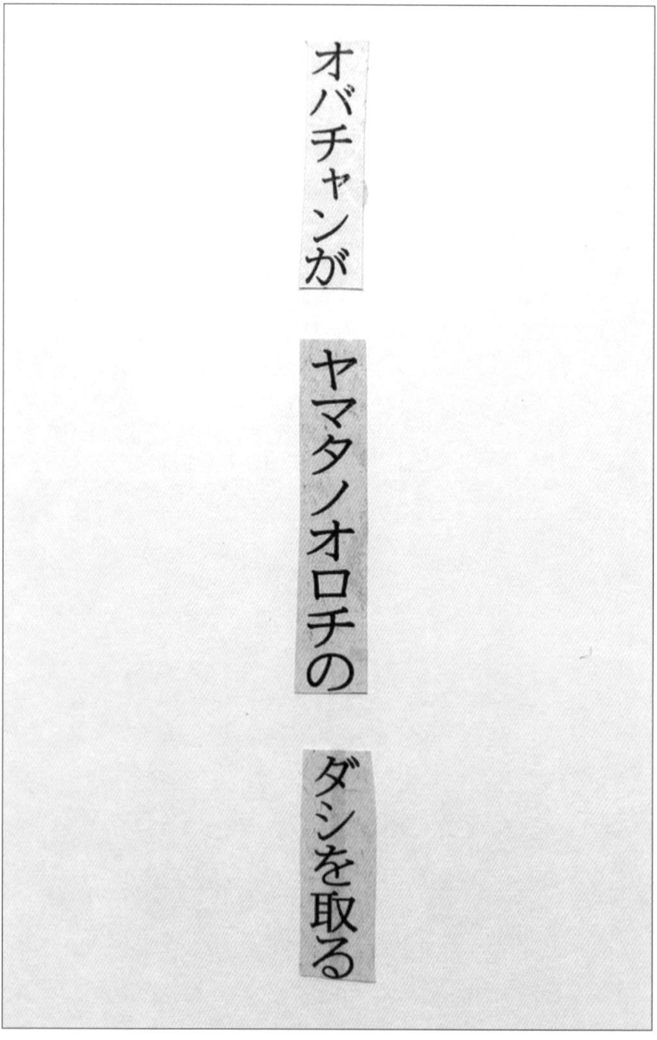


オバチャンが　ヤマタノオロチの　ダシを取る

まだちょっと　鎌倉幕府　続いている

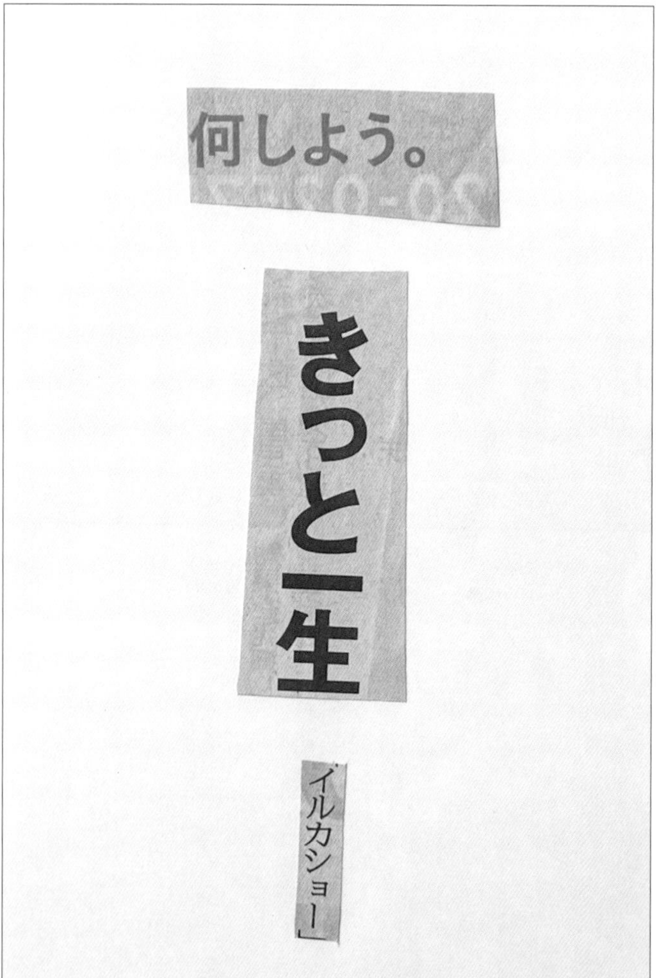
何しよう。
きっと一生
「イルカショー」

何をしよう　きっと一生　イルカショー

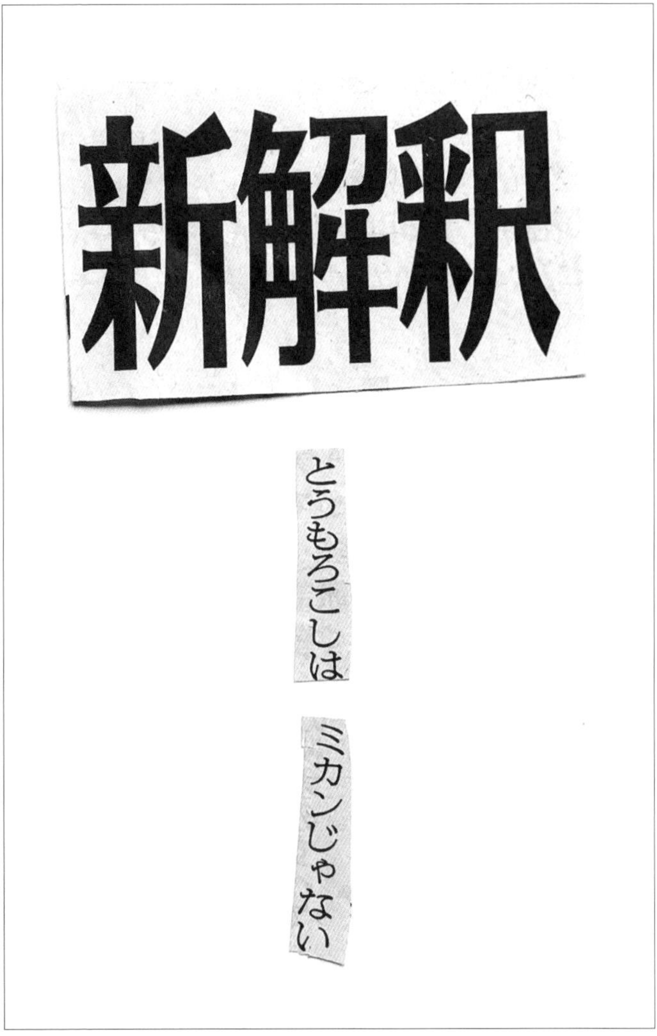
新解釈
とうもろこしは
ミカンじゃない

新解釈　とうもろこしは　ミカンじゃない

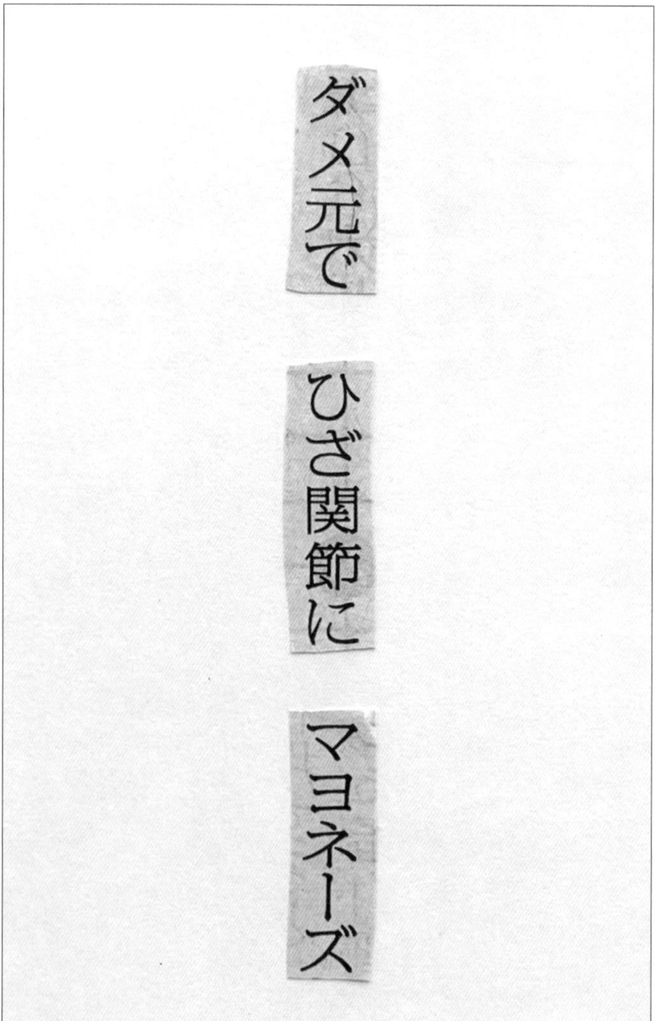


ダメ元で　ひざ関節に　マヨネーズ

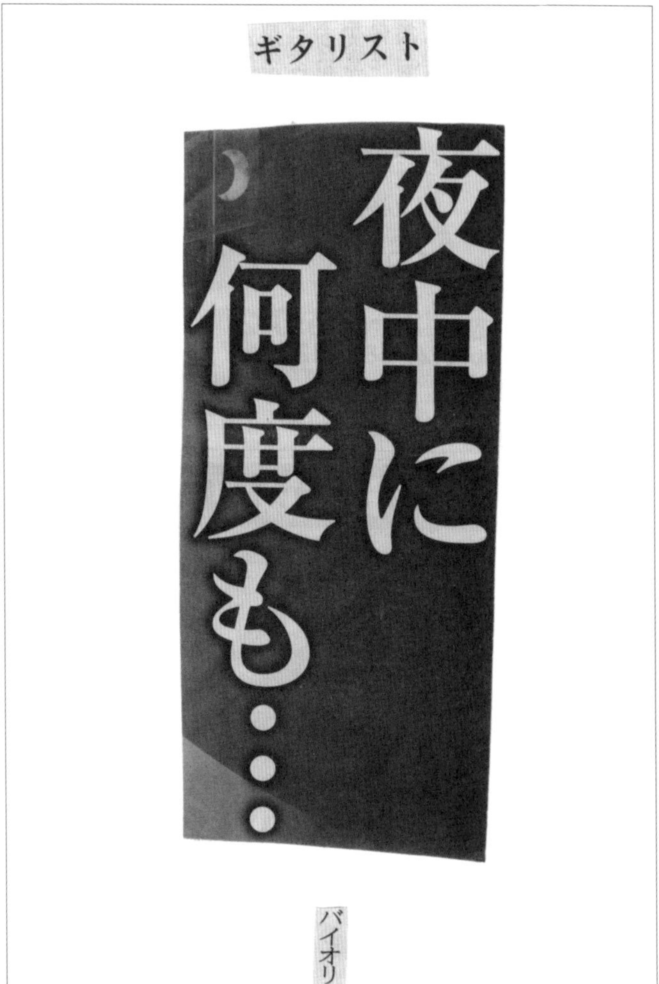


ギタリスト　夜中に何度も…　バイオリン

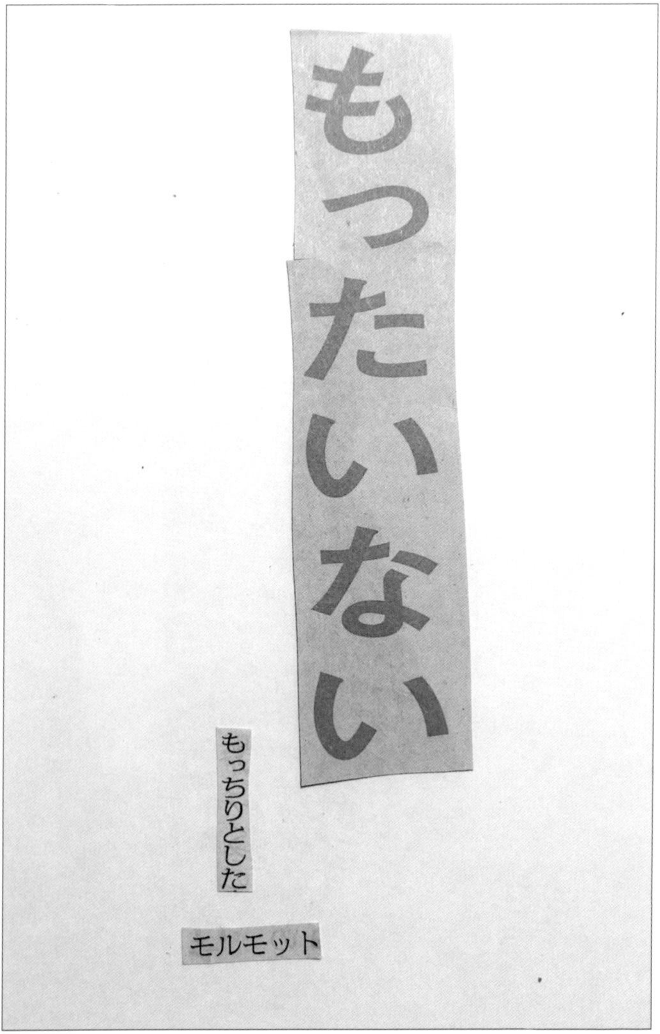


もったいない　もっちりとした　モルモット

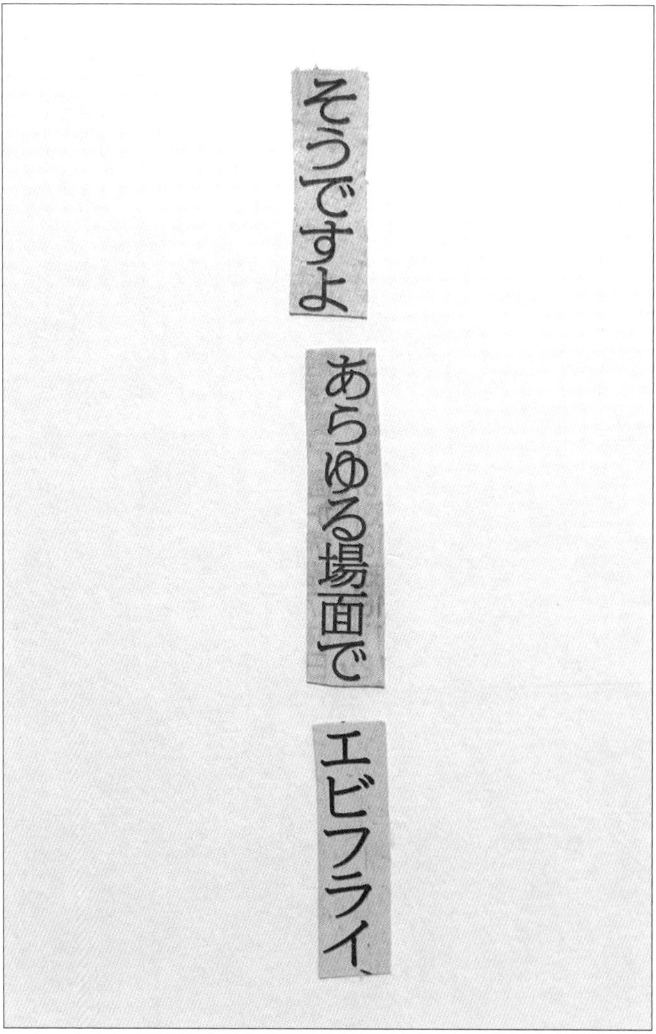


そうですよ　あらゆる場面で　エビフライ

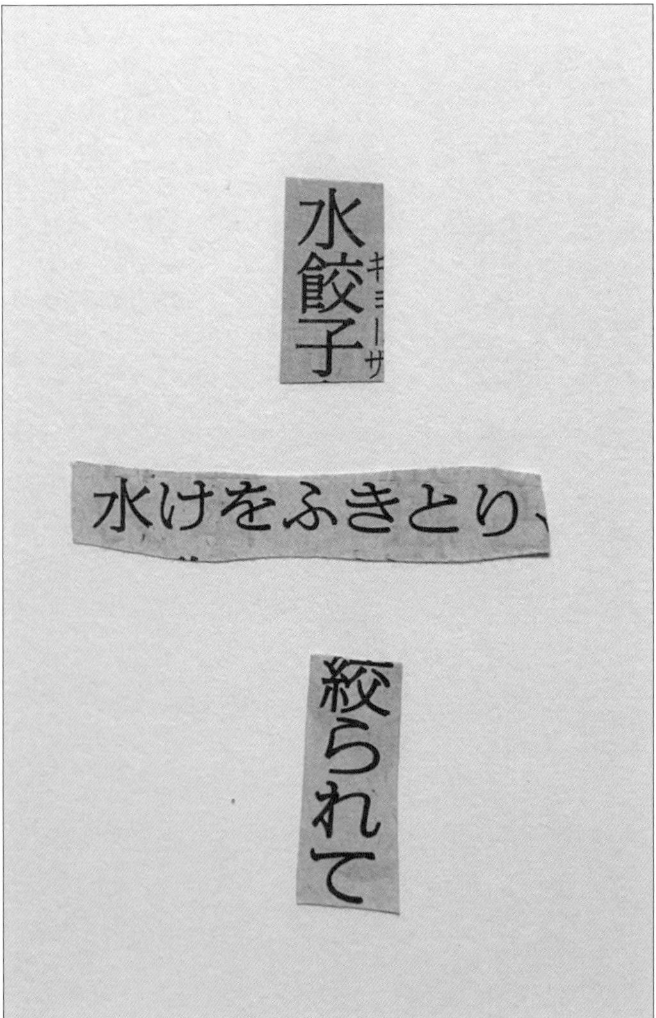


水餃子　水けをふきとり　絞られて

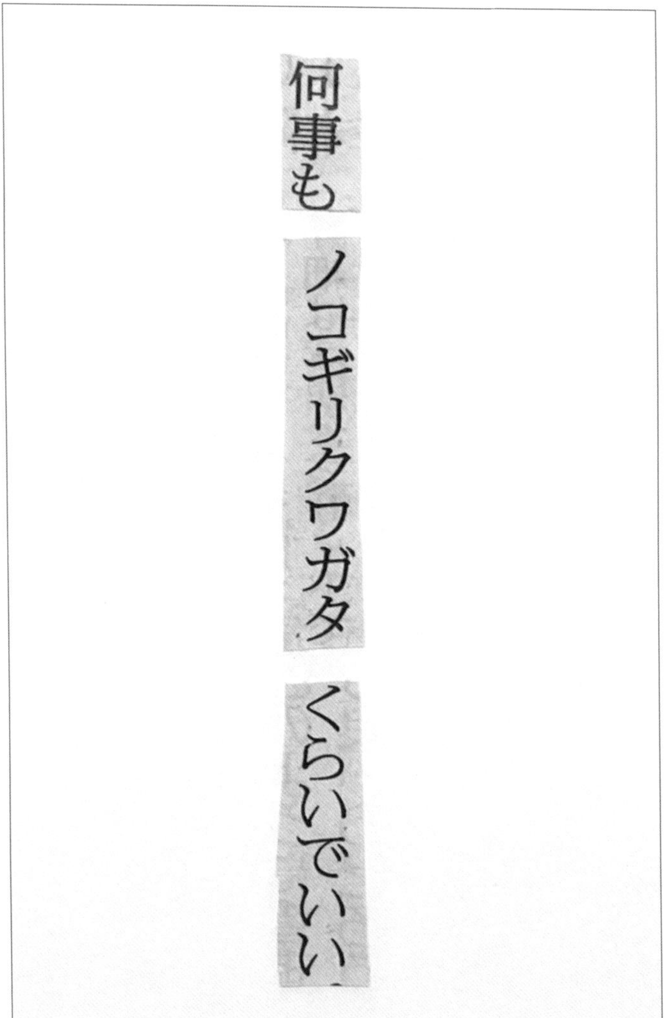


何事も　ノコギリクワガタ　くらいでいい

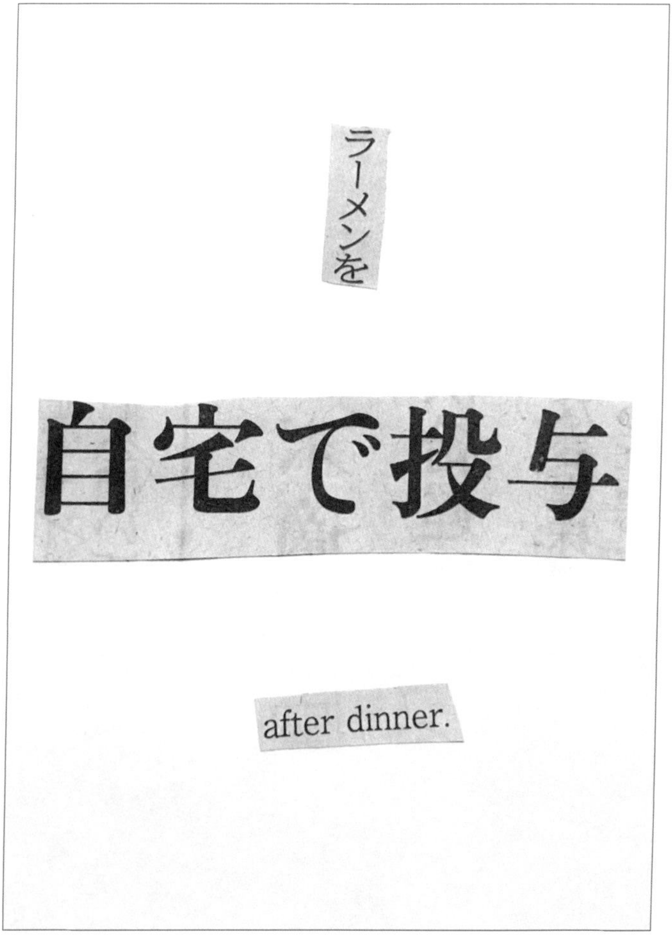
ラーメンを
自宅で投与
after dinner.

ラーメンを　自宅で投与　after dinner.

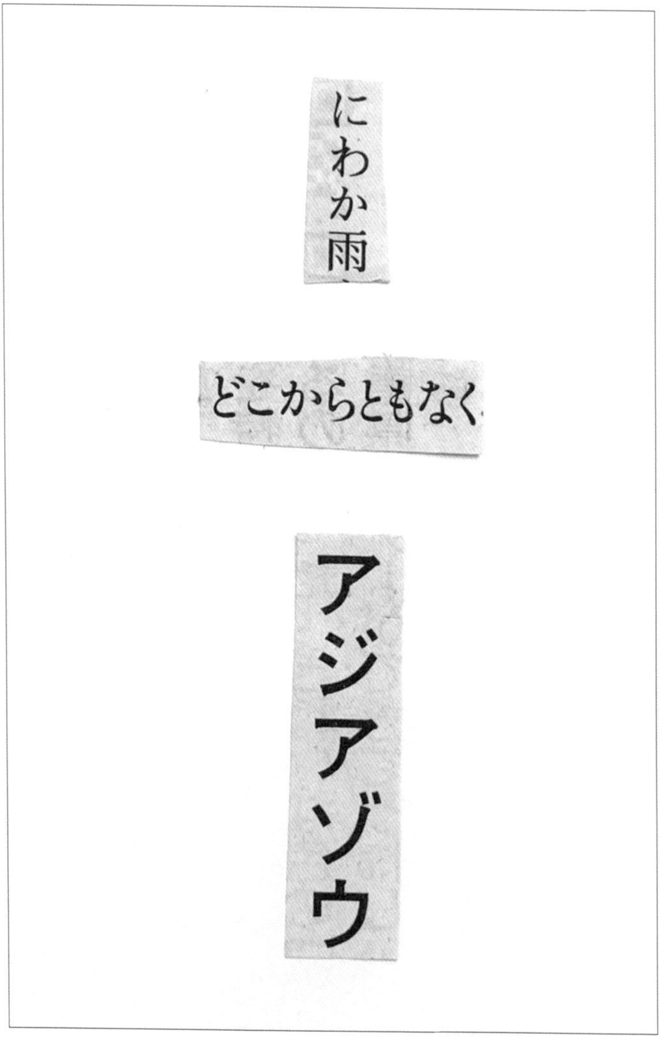


にわか雨　どこからともなく　アジアゾウ

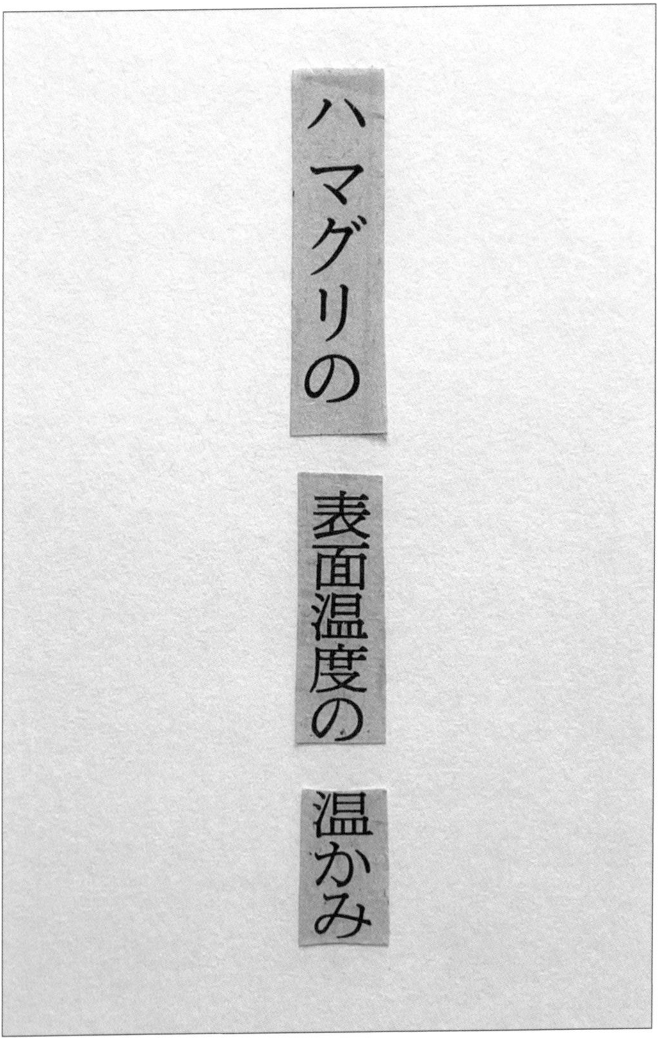


ハマグリの　表面温度の　温かみ

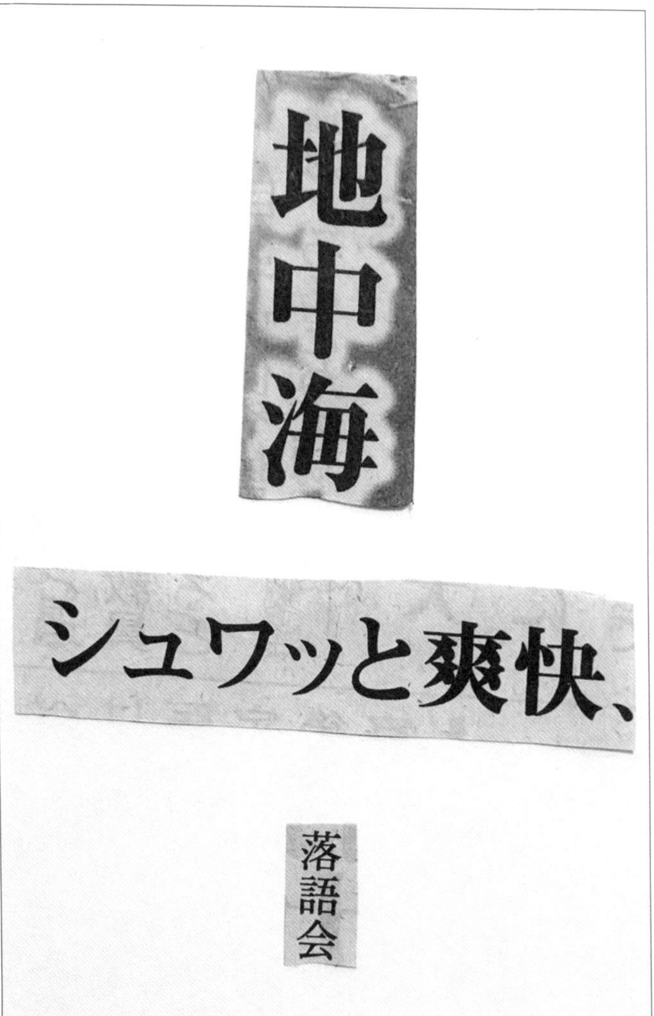


地中海　シュワッと爽快、　落語会

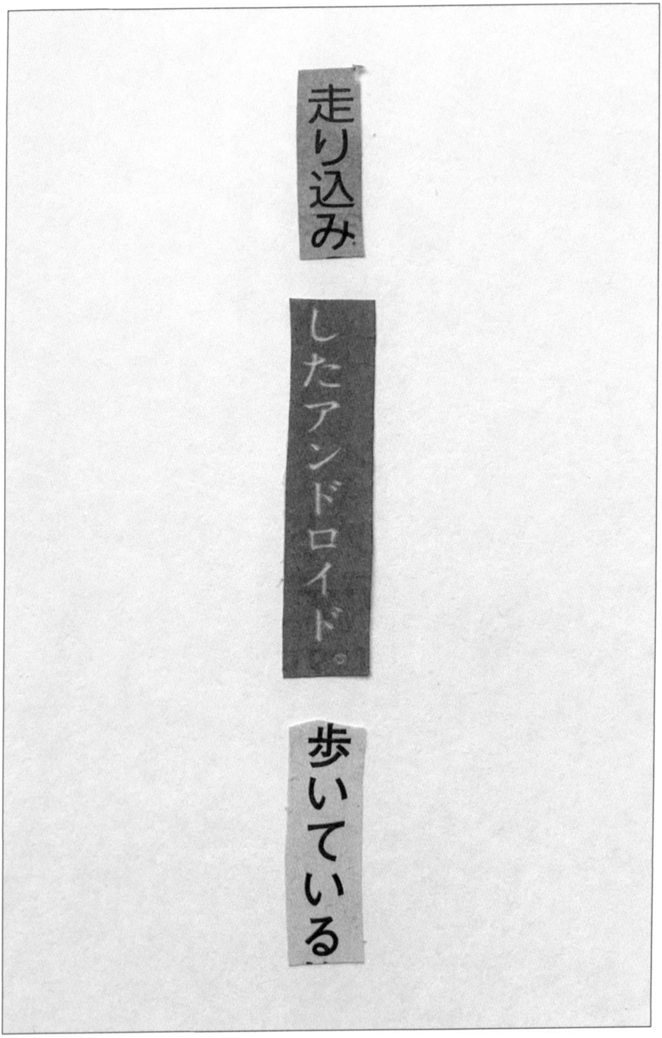


走り込み　したアンドロイド。　歩いている

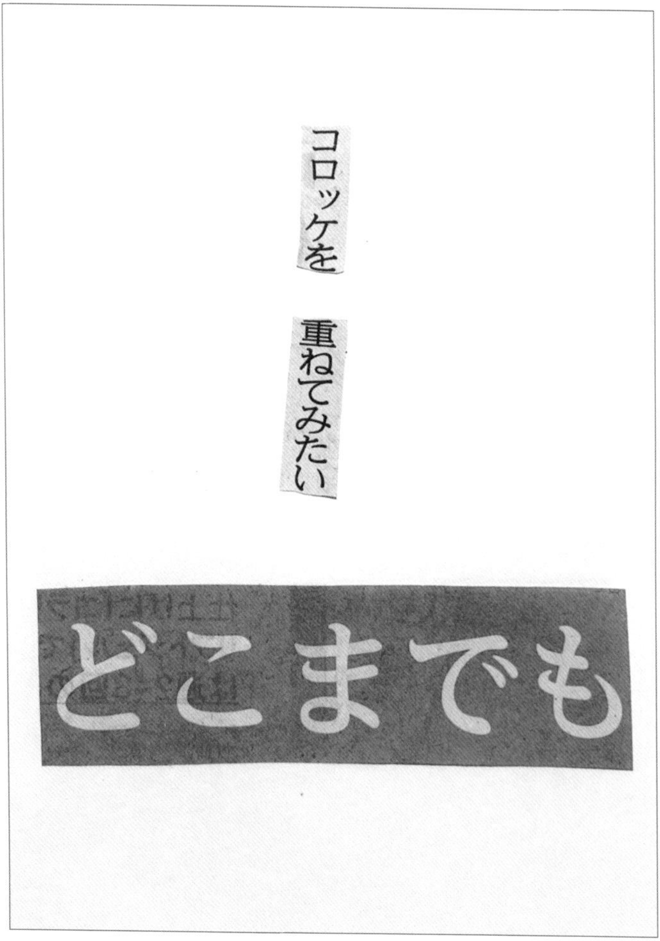


コロッケを　重ねてみたい　どこまでも

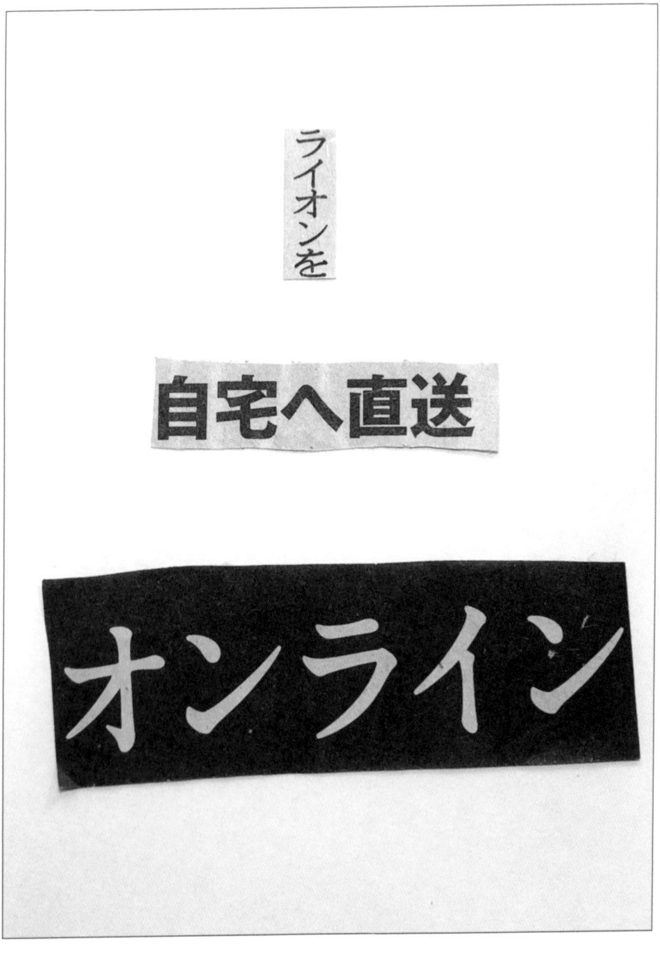


ライオンを　自宅へ直送　オンライン

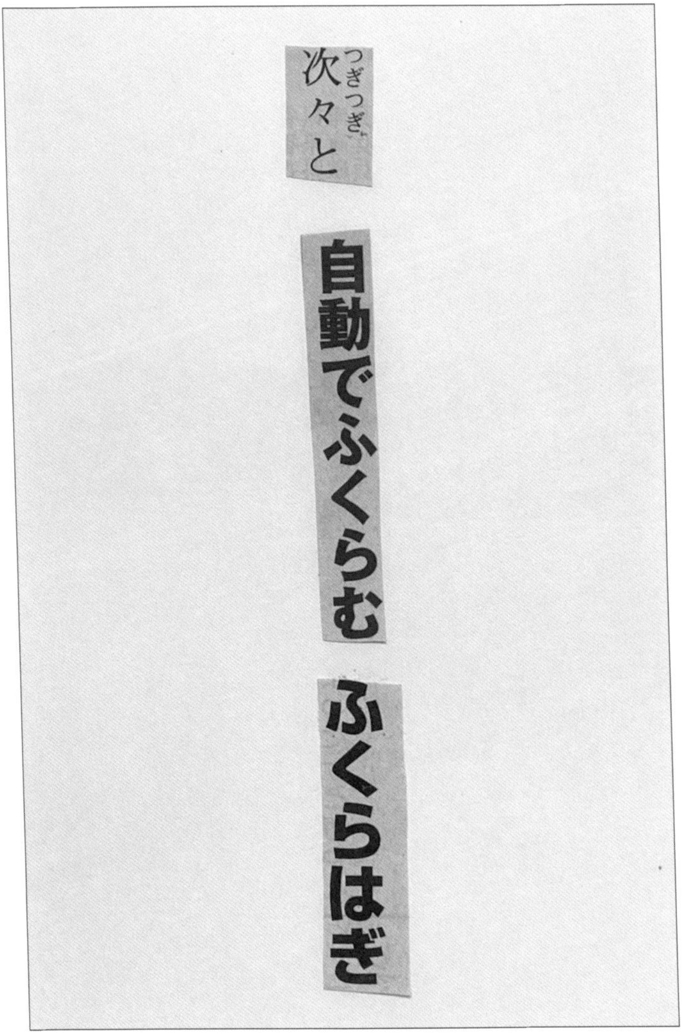


次々と　自動でふくらむ　ふくらはぎ

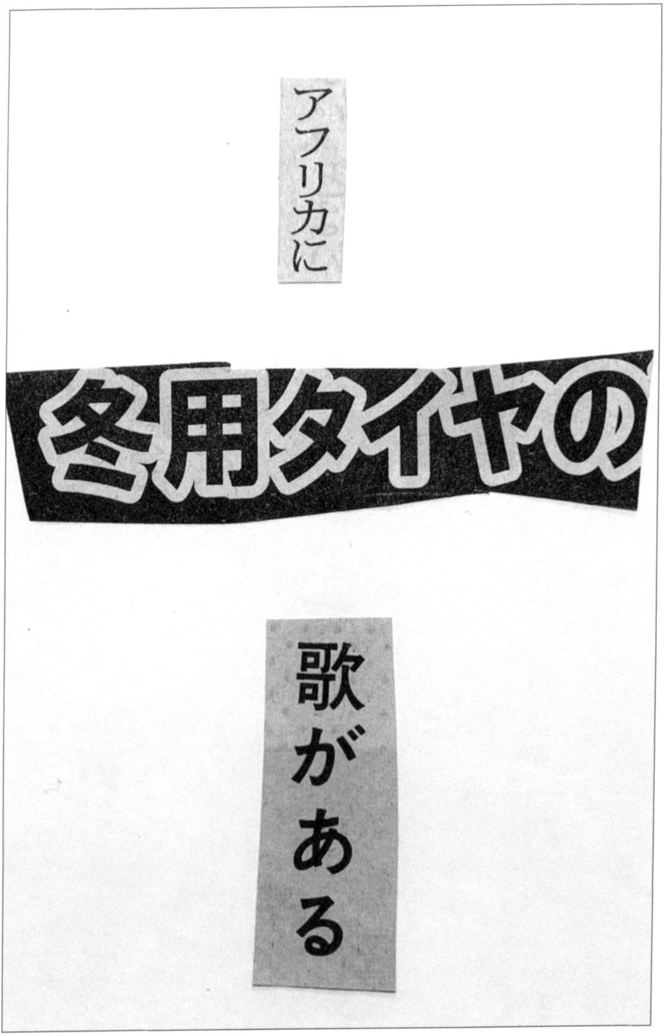


アフリカに　冬用タイヤの　歌がある

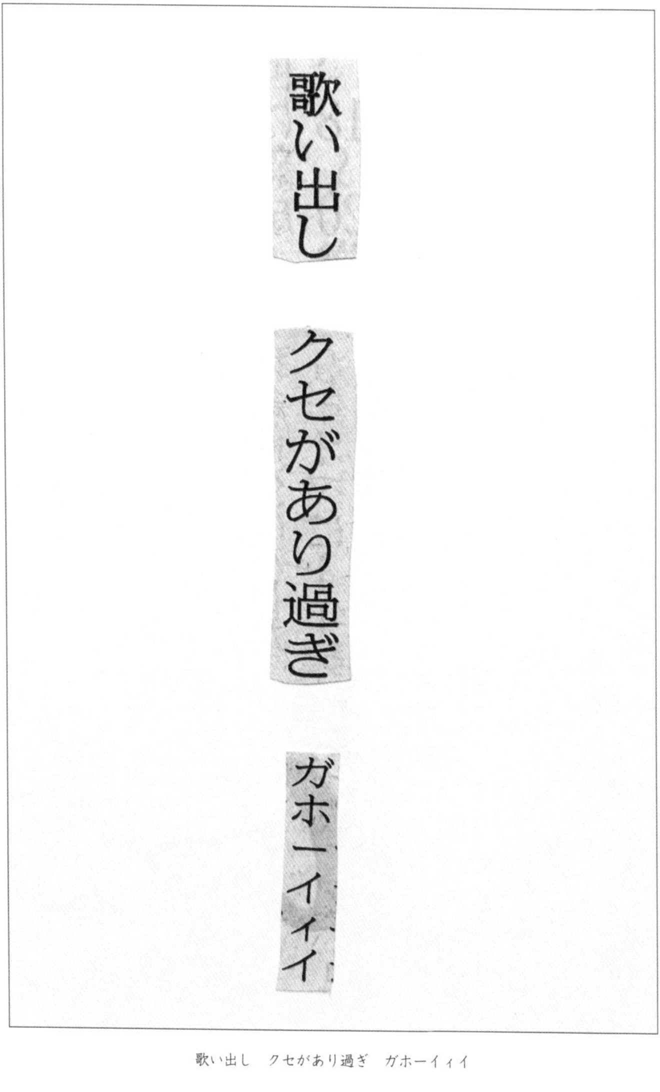


歌い出し　クセがあり過ぎ　ガホーイィイ

おめでとう　生のジャガイモ　になれます。

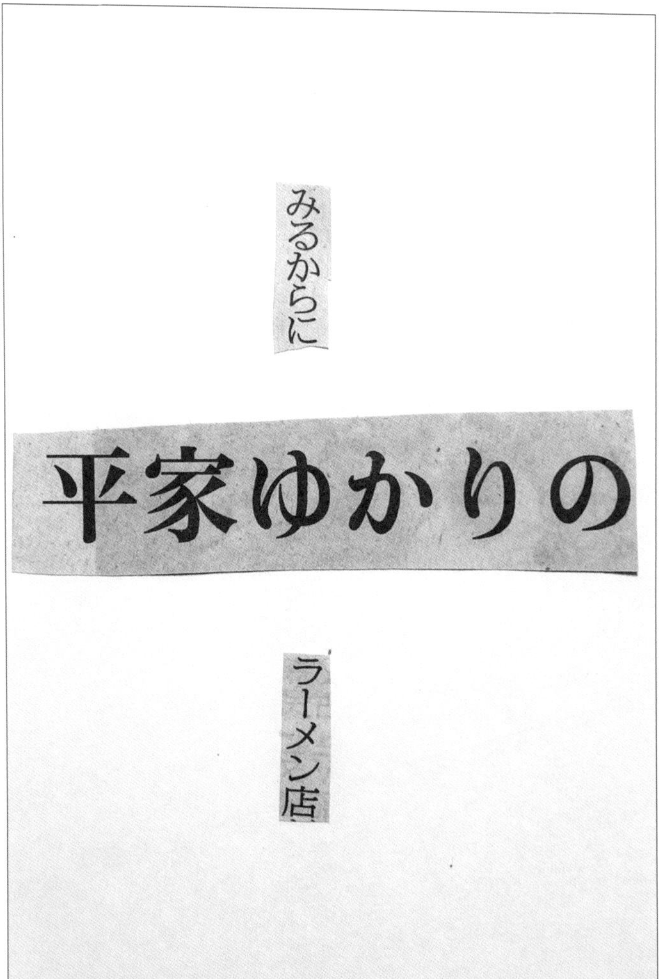
みるからに
平家ゆかりの
ラーメン店

みるからに　平家ゆかりの　ラーメン店

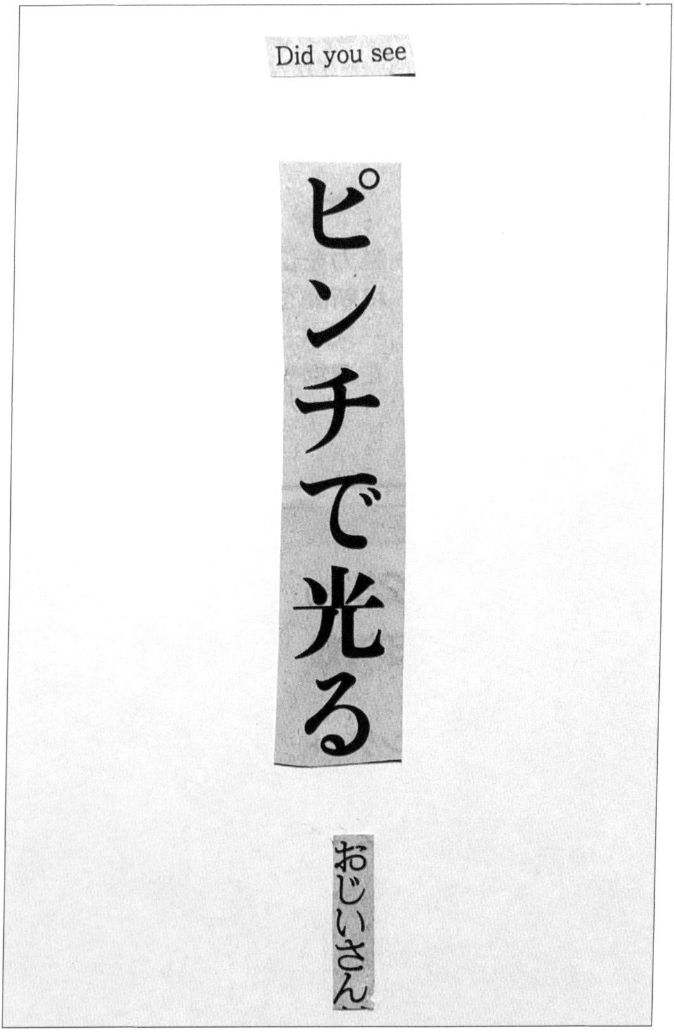


Did you see ピンチで光る　おじいさん

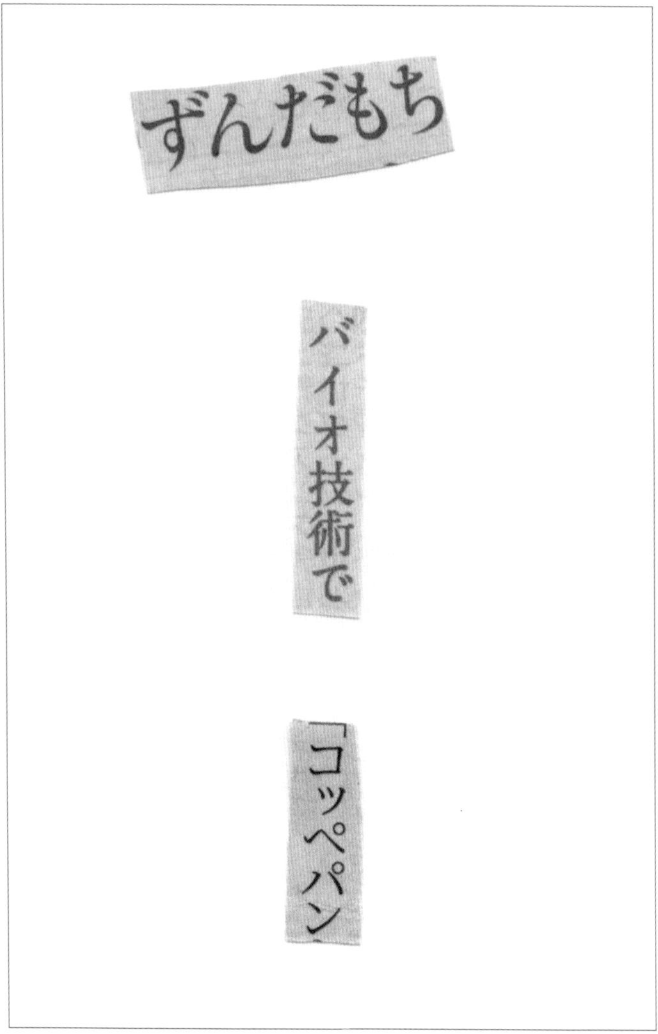


ずんだもち　バイオ技術で　コッペパン

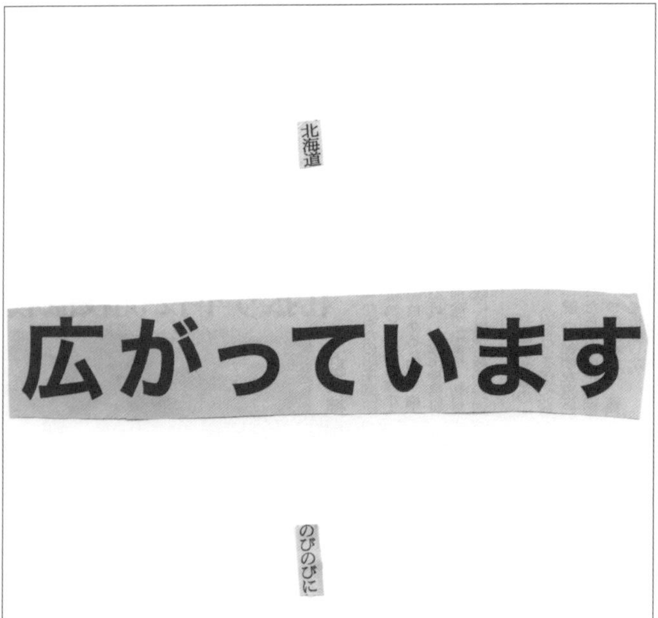


北海道　広がっています　のびのびに

# 第2章

# 淀川テクニックのアートの世界

ここまで紹介してきた「コラージュ川柳」を生み出した、淀川テクニックこと柴田英昭《しばたひであき》。この章では、現代美術家としての彼の活動について紹介する。

大阪文化服装学院を卒業後、二十二歳で仕事を辞めて、本人曰く〝自称アーティストのフリーター〟をしていたという柴田。

活動当初は、大阪で展覧会をしながら現代美術家の村上隆《むらかみたかし》氏が主催する若手アーティストの登竜門「GEISAI（ゲイサイ）」に、半年に一度のペースで出展していた。

## 「淀川テクニック」の誕生

彼に転機が訪れたのは二〇〇三年。知人から、大阪府の淀川河川公園で毎年開催されている「よどがわ河川敷フェスティバル」への出展を誘われたのだ。

以前から漂流物やゴミを利用した作品づくりを行っていた柴田だが「淀川だけで集めたものを使ってつくってみよう」と思い立ち、専門学校時代の友人・松永和也《まつながかずや》を誘い、ふたりで作品を作り上げる。

――河川敷でゴミを探しながら作品を制作していく

そのおもしろさに魅了された柴田は、松永とふたりで「淀川テクニック」を結成し、先述の「GEISAI #5」に出展。以降、漂流物から様々な作品を生み出している。

「GEISAI#5」での展示の様子（2004年）

## 柴田英昭（しばた・ひであき）来歴

1976年　岡山県生まれ

1998年　大阪文化服装学院卒業

2003年　松永和也（1976年、熊本県生まれ）と「淀川テクニック」を結成

2011年　「コラージュ川柳」発案

2017年　ソロアーティストとなり、現在まで「淀川テクニック」の活動に邁進中

公式HP ▶ https://yukari-art.jp/jp/artists/yodogawa-technique

## 淀川から世界へ

その活動は、淀川から世界へと飛び出した。これまでに作品の制作や展示を行った国は、ドイツやデンマーク、インドネシア、韓国など六カ国に及ぶ。

現地でゴミが集まる場所を探し当て、色や形が気に入ったゴミを拾い集める。ドイツの酒場周辺ではビールの空き瓶と王冠、韓国ではマッコリの空きペットボトル、インドネシアではお菓子の袋……などと、その土地によって落ちているゴミの種類は様々だという。

やがて、赴いた土地ならではのゴミ、そして人々との交流を楽しみながら作品制作を行うという独特のスタイルを確立していった。

二〇〇八年、インドネシアのジョグジャカルタでは、巨大な「アロワナ」を作り上げた。拠点としたのは川沿いの集落。この地域ではペットボトルや鉄屑も換金できるため、どこにも落ちていなかった。

そこで、柴田はアロワナの鱗を表現するのに普段あまり素材としては使わないお菓子など食品パッケージのゴミを利用することを思いつく。川に落ちていたお菓子の袋は太陽の光に照らされて、見事きらめく鱗を表現した。

一カ月の滞在制作のなかで、集落の住民たちとも打ち解けていったという。完成した「アロワナ」は上に乗って楽しむこともでき、集落の人々の心を楽しませ、その後ジョグジャカルタ国立博物館で展示された。

「ジョグジャカルタのアロワナ」2008年

「ジョグジャカルタのアロワナ」部分

現地の人々との様子

## 東日本大震災から生まれた作品

二〇一二年、大阪府立江之子島文化芸術創造センターで開催された「Osaka Canvas Project 2012」では、「若林100年ブランコ」が展示された。

この作品は、前年の三月十一日に発生した東日本大震災で被災した宮城県仙台市に赴き二週間かけて制作したものだ。

東日本大震災の津波により流された仙台市若林区の防風林。震災直後に山積みされていた松の倒木は、地元の人々の協力を得て三・五メートルのブランコとして生まれ変わった。「後世に震災の記憶が伝えられるように」「ゴミを扱う自分たちだからできる復興支援をしたい」という淀川テクニックの想いは作品を見る者の心を動かした。

「若林100年ブランコ」2011年

## ゴミアートの魅力

「ゴミはいくら使っても失敗しても材料費ゼロだから気軽。その場にあるゴミを使って自由な発想とひらめきで作ることが、ゴミアートの楽しさ」、そして「ゴミにはそれぞれ記憶があり、その断片が見えるのが魅力」と柴田は語る。

また、作品のモチーフとして魚や鳥などの生き物を扱うことが多いのにも理由があるそうだ。

曰く「要らないって言われていたものが、生き生きしてくると面白いじゃないですか。ちょっと動き出しそうなものになるといいかなと思って作っています」

誰かにとっての不用品、価値の低い漂流物や廃棄物……。それらを素材にアート作品をつくることで、柴田はゴミに命を吹き込んでいる。

## ゴミアートと「コラージュ川柳」

ゴミアートでは、元々の機能や用途にとらわれず、自由に色や形を組み合わせることができる。そして、ゴミに対する新たな目線を発見することが魅力のひとつだと柴田は語る。

この「新たな目線の発見」が、「コラージュ川柳」に通じる部分である。

印刷物から切り取られた五文字と七文字は文章としての役目を一旦失う。

しかしそれらをくっつけたり、切り離したりしているうちに、新しい文脈やストーリーが生まれる。そこに、世界に一つだけのものを創造する楽しさがあるのだ。

「やんばるアートフェスティバル」出品作品を沖縄で制作している様子（2017年）

「宇野のチヌ」2010年

「タカアシガニ」2017年

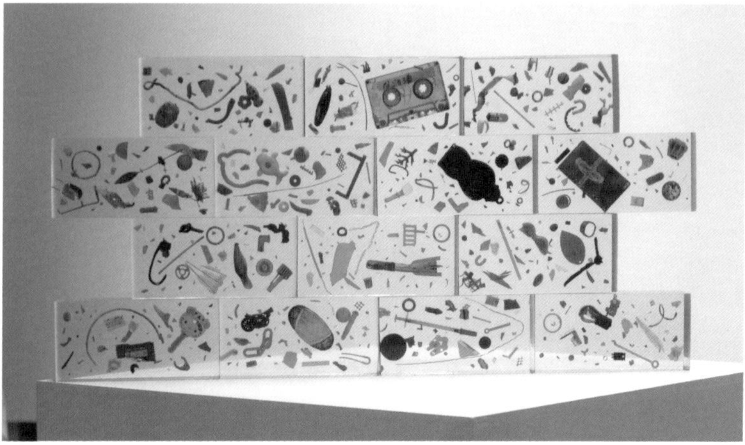

「淀テクブロック」2014年

「イワトビペンギンNo.1」
2015年

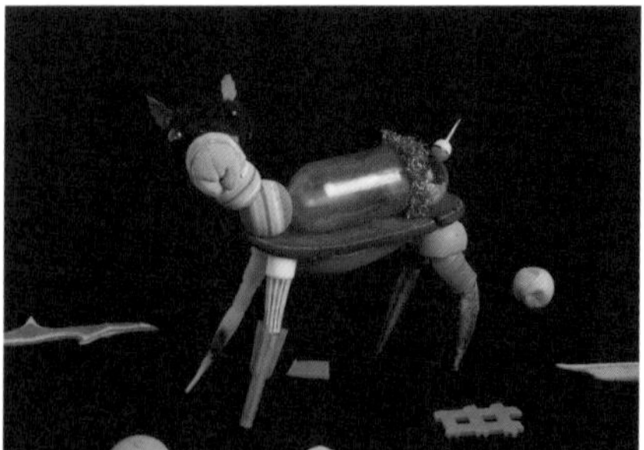

「ボッティ」2021年

「北九州のドードー」2021年

「コンゴウインコNo.1」2011年

# 第3章

# 「コラージュ川柳」傑作選②

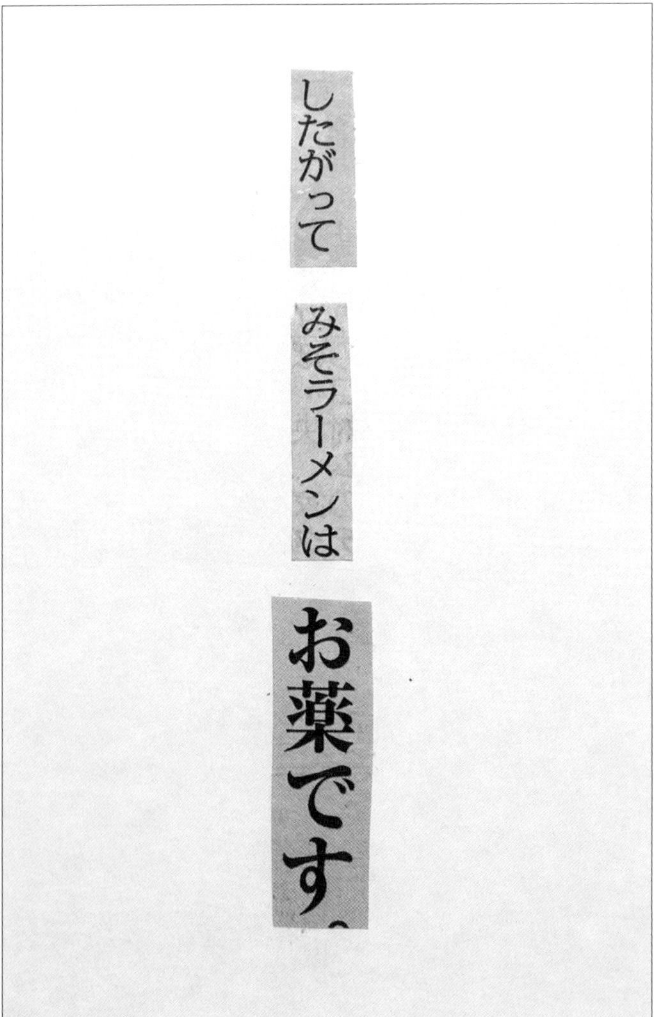


したがって　みそラーメンは　お薬です

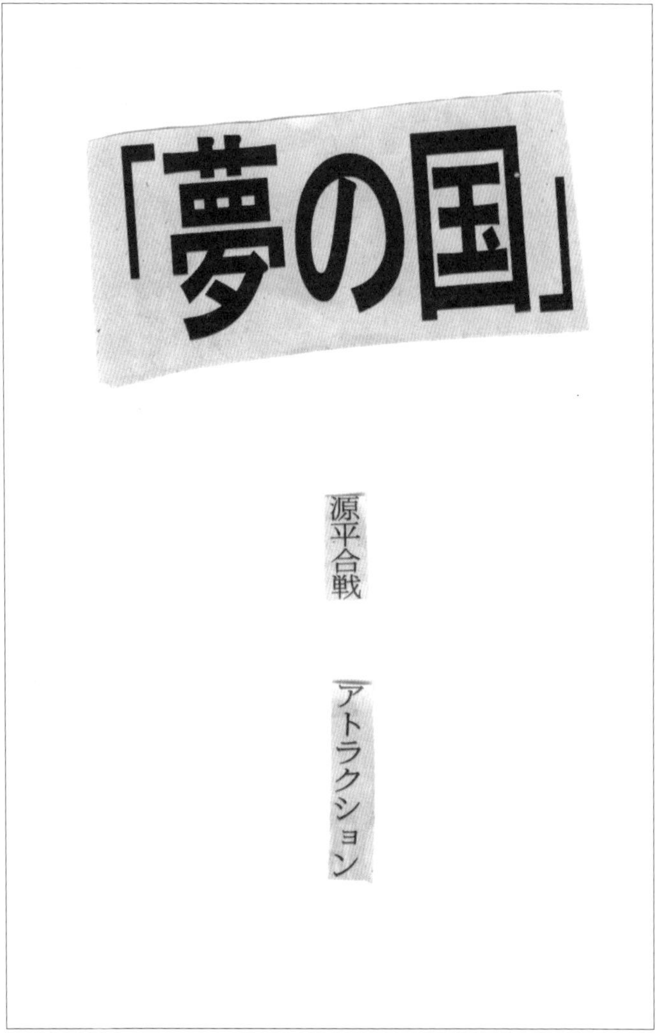


「夢の国」 源平合戦 アトラクション

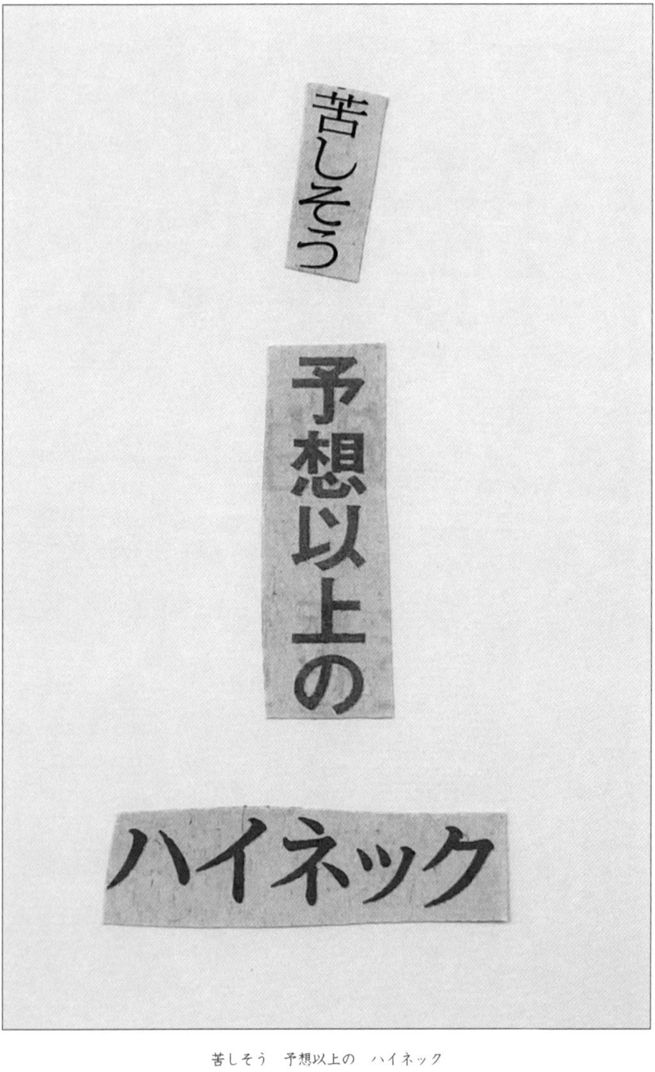


苦しそう　予想以上の　ハイネック

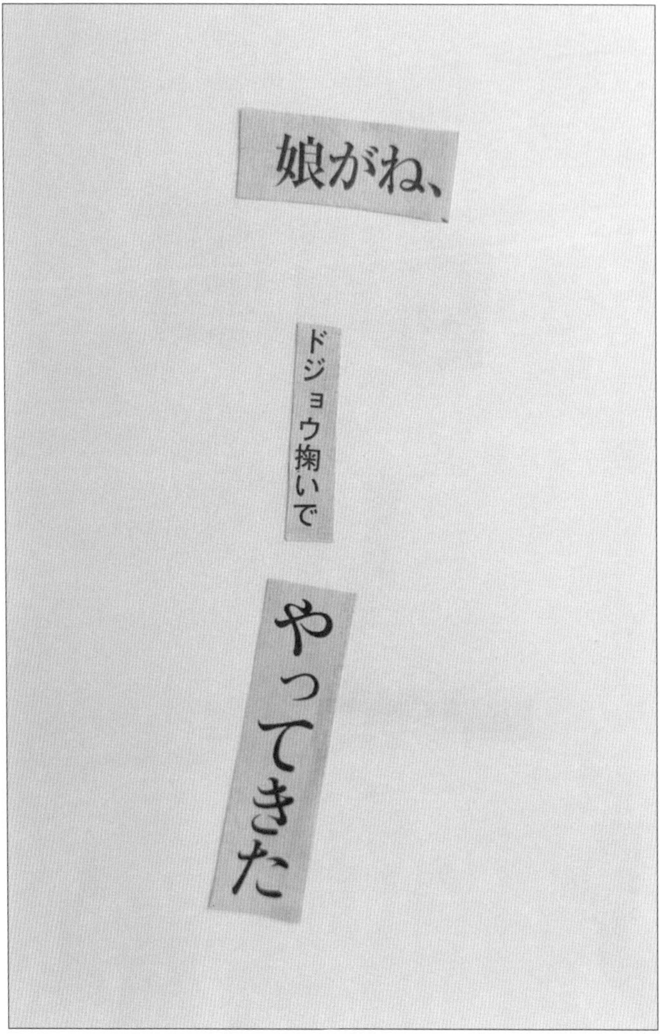


娘がね、 ドジョウ掬いで やってきた

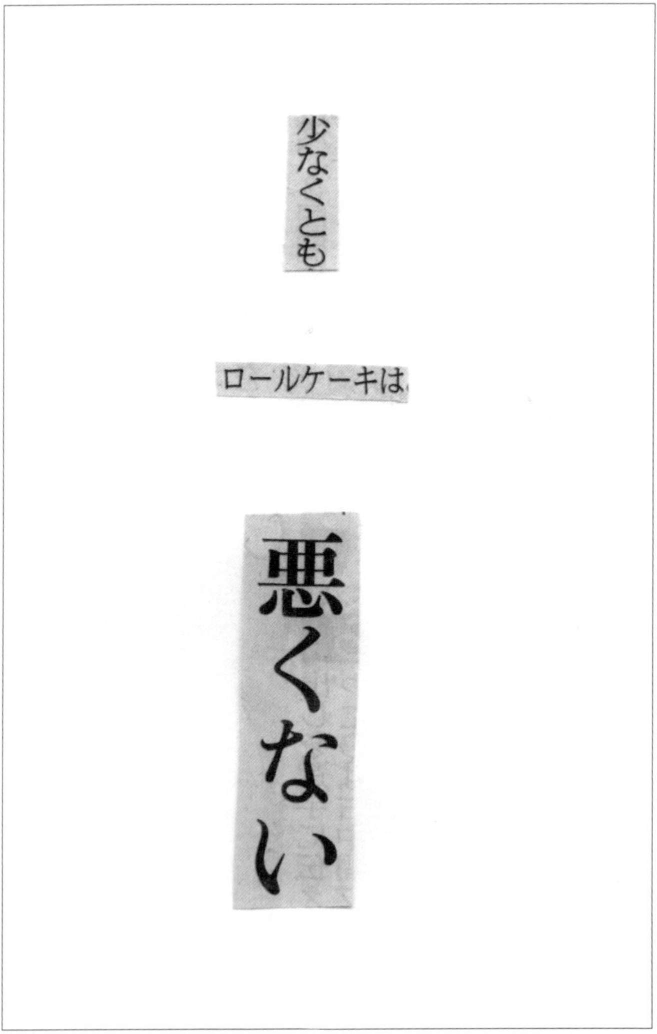


少なくとも　ロールケーキは　悪くない

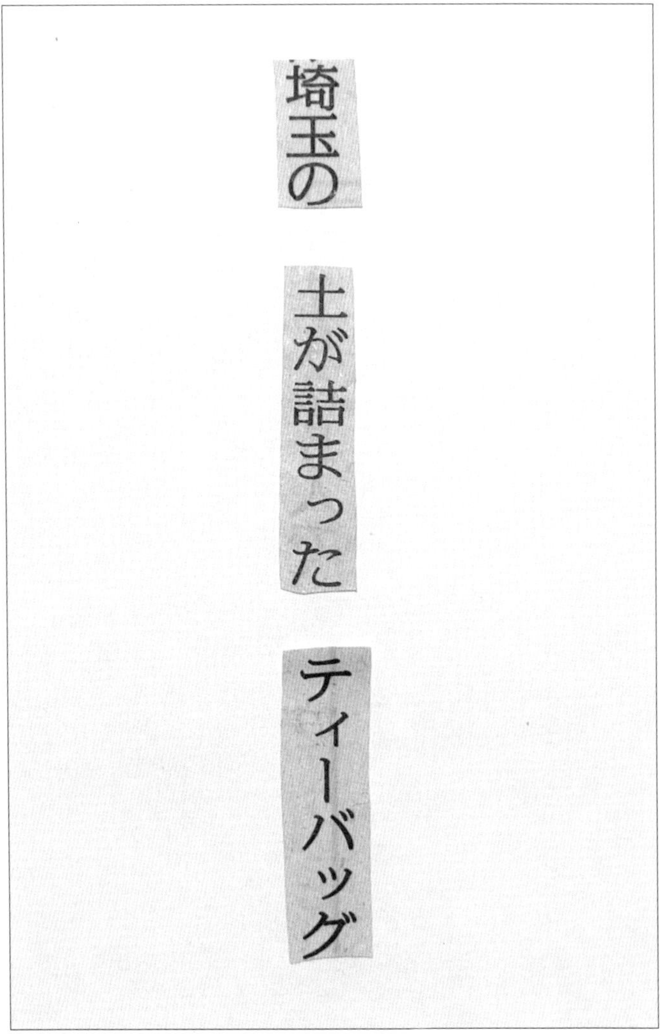


埼玉の　土が詰まった　ティーバッグ

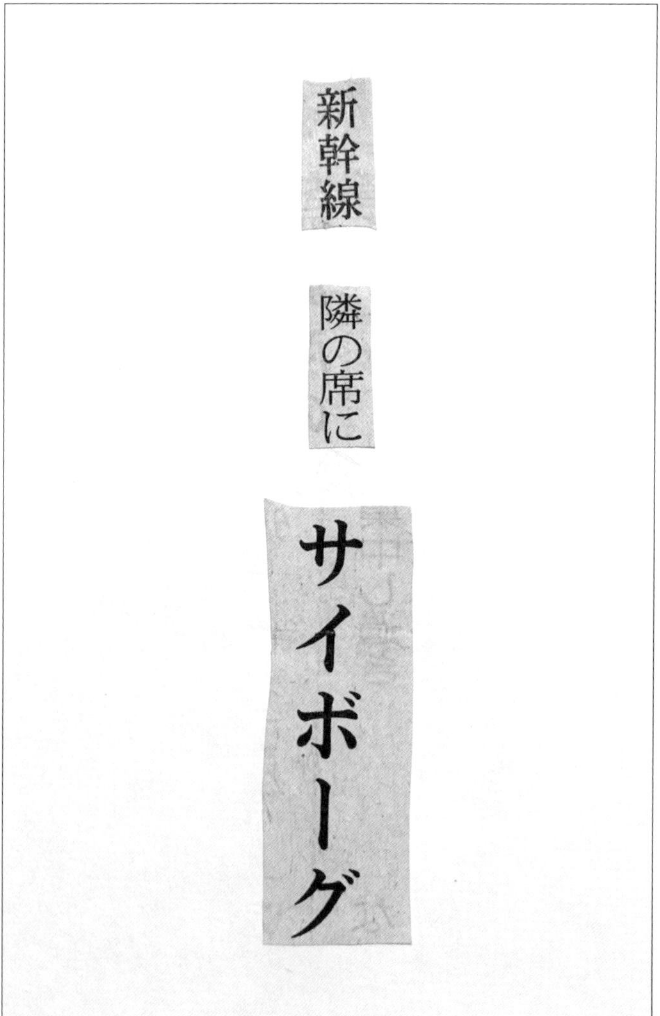


新幹線　隣の席に　サイボーグ

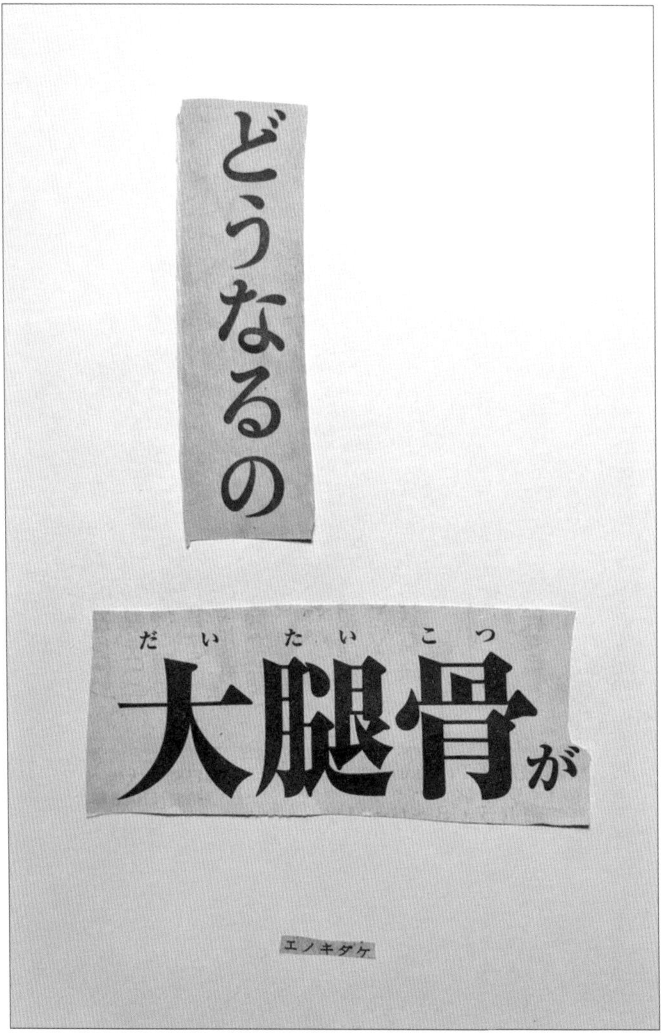


どうなるの　大腿骨が　エノキダケ

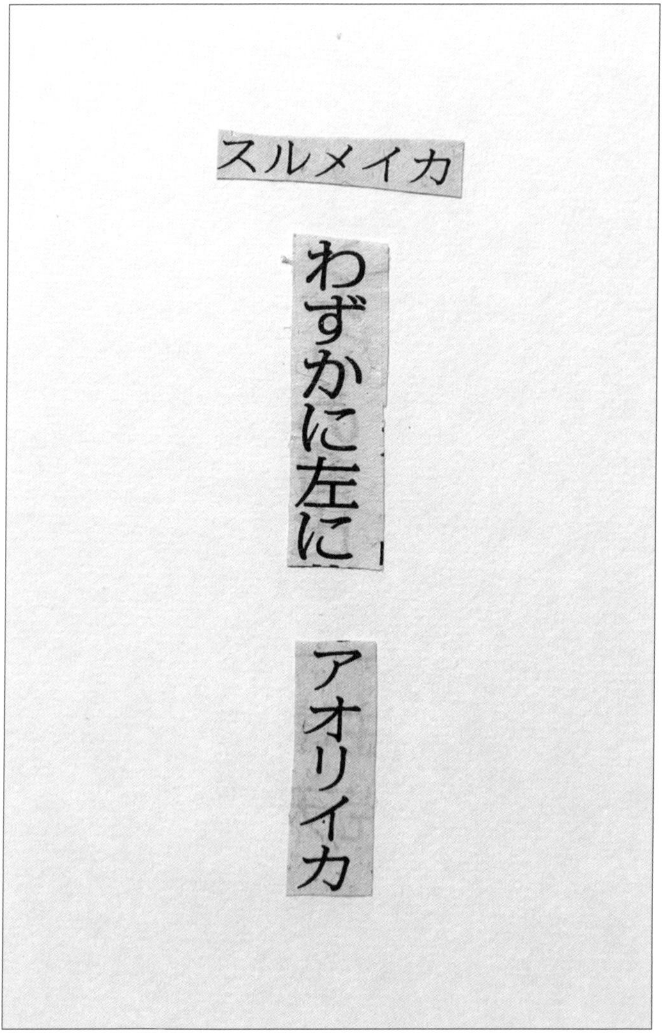


スルメイカ　わずか左に　アオリイカ

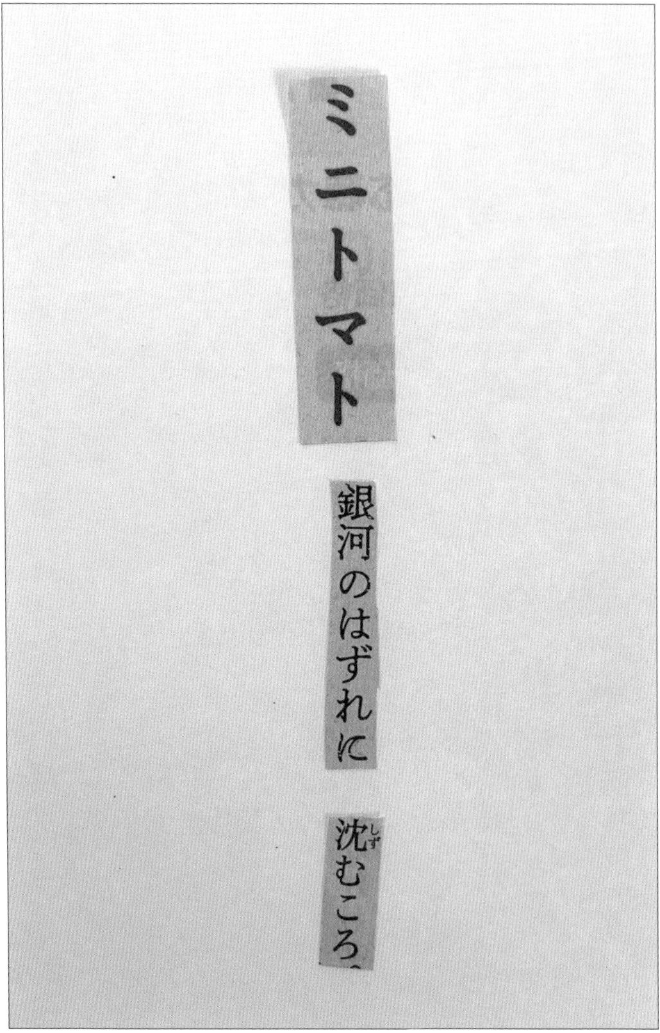


ミニトマト　銀河のはずれに　沈むころ

大迫力　暮らしの中に　レスリング

本当は　泣きたくなる時　血がたぎる

足の指　この一本で　テレワーク

# 第4章

# 寄稿！「コラージュ川柳」

## Profile

# ピエール瀧

（ぴえーる・たき、1967年静岡県生まれ）

1989年に石野卓球らと電気グルーヴを結成。1995年頃から俳優としてのキャリアもスタート。映画『凶悪』（白石和彌監督／2013年）で、日本アカデミー賞優秀助演男優賞をはじめ、数々の賞を受賞。また、ゲームや映像のクリエイター、プロデューサー、執筆業など、活動は多岐にわたる。

## Message

切り抜く作業が“無”になれて意外に楽しかったです。

人生は　すぐ出る熱湯　フェスティバル

## Profile

# 高木晋哉

（たかぎ・しんや、1980年神奈川県生まれ）

2003年にお笑いコンビ「ジョイマン」を結成。不思議な韻を踏む“脱力系ラップ”で、2008年に『爆笑レッドカーペット』を始めとした多くのテレビ番組に出演し、一気に大ブレイク。
しかし、2年後にはブレイクが終わり、2014年8月町田モディでサイン会を開いたものの参加者が1人も現れなかった。
2022年5月に8年越しの「ジョイマンのサイン会0人事件」のリベンジサイン会を実施し即完。大きな反響を呼び、同年のお笑いナタリーのもっとも読まれた記事年間アクセス数の1位となった。
吉本興業2023年営業ランキングで1位となり、一発屋オールスターズとしてのユニット活動、YouTube等でネタのダンスとエクササイズを融合させた“ジョイササイズ”のトレーナーとしても活動するなど、活躍の幅を広げている。

## Message

最近は紙の新聞等を手にとることも無くなっていたので、川柳を作るために新聞を買って、広げて、眺めて、という行為自体が新鮮に感じられて楽しかったです。限られた語彙の中で少しでも素敵な韻が踏めた時は爽快感がありました。
ぜひ皆さんも気軽にやってみて欲しい　キョンシー！

プレゼント　産地直送　チェーンソー

Profile

# 山本祥彰

（やまもと・よしあき、1996年埼玉県生まれ）

早稲田大学先進理工学部卒業。2017年9月から東大発の知識集団・QuizKnockに加入し、現在はYouTube動画への出演のほか、謎解きやクイズの制作・監修を主に担当。
『Qさま‼』『ネプリーグ』などのクイズ番組でも活躍中。2022年3月には漢検1級を取得。特技はクイズ・謎解きで、謎解き能力検定では満点を取ったこともある。

Message

文字数を気にしながら新聞を読むという稀有な体験をさせていただきました。と、思いましたが、この本に寄稿している方のほとんどが体験していることでしたね。決して稀有とは言い切れないようです。延いては、全人類がコラージュ川柳に取り組んだものなら、そうでない人が稀有な存在になるということ。
今日の常識が、明日の常識とは限らないのです。

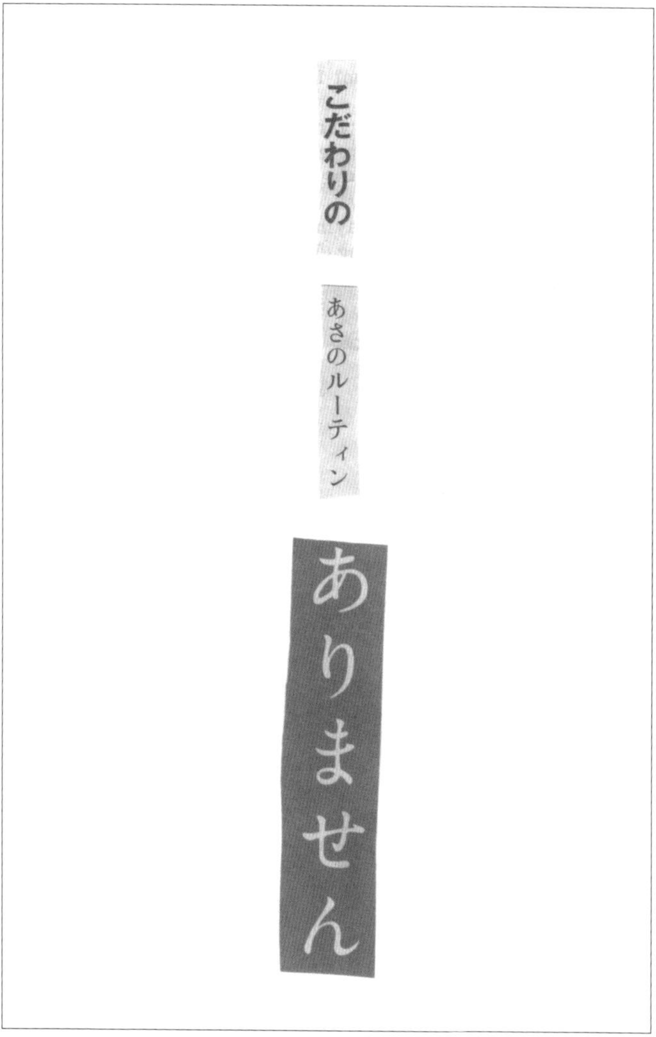


こだわりの　あさのルーティン　ありません

## Profile

# 高杉未来之進

（たかすぎ・みくのしん、1990年福島県に生まれて東京で育ちました。
こういう時どういう返し方をしていいかわかっていません）

死ぬこと無く現在まで生きている人間。平日はフルタイムで働いていて、自炊もする。冬は小さい浴槽ながらもお湯を溜めて入ることも多く、日々四角い入浴剤のパッケージを歯で切って使っている（たまに味がして焦る）。めちゃくちゃ楽しくてしょうがないときもあれば、なんだか悲しいこともある。まっすぐ歩いてるはずなのに、なんでか褒められることもあれば、それはやめたほうがいいと言われて注意されることもある。人と話すのが好き。

## Message

こんにちは！！！！！！！！！　ありがとうございます！！！！
いやぁ、すっげーーーーーー楽しかったですねぇ……。まず、文字を読むのが苦手なので、そもそも雑誌や新聞なども編集部の方に送っていただいて、その節は本当にありがとうございました。ただ、文字が読めないので選ぶことも難しく、無理かもと思ったのですが、お正月のテレビを見ながらこたつに入ってやってました。これ、素敵じゃないですか？　魂。魂が「ぶわゅ」っと浮き出て、その状態を僕がアクションゲームの視点みたいに上から見たら、すげー良い絵なんだろうなぁって思いました。おれ、こんなことしたかったんですよ。高校生の頃。喜ぶだろうなぁ。そう思うとめちゃくちゃ嬉しくなってきた。また、誘ってください。本当にお願いします。

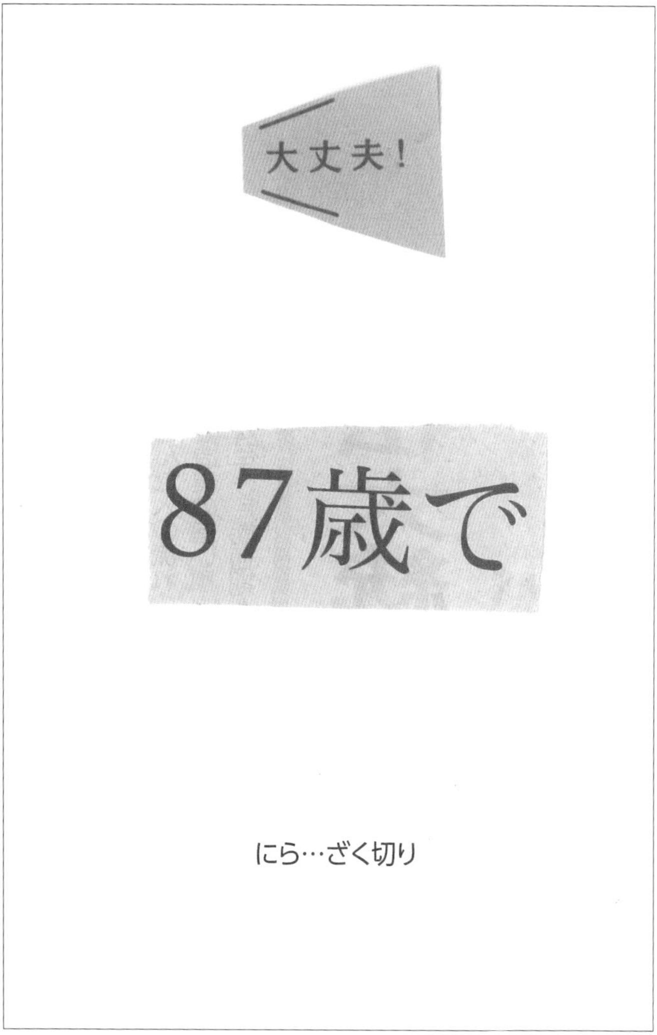
大丈夫！
87歳で
にら…ざく切り

大丈夫！　87歳で　にら…ざく切り

## Profile

# 久保明教

（くぼ・あきのり、1978年神奈川県生まれ）

一橋大学大学院社会学研究科教授。科学技術と社会の関係について文化／社会人類学の観点から研究を行う。
主な著書に、『「家庭料理」という戦場——暮らしはデザインできるか』（コトニ社）、『ブルーノ・ラトゥールの取説——アクターネットワーク論から存在様態探求へ』（月曜社）、『機械カニバリズム——人間なきあとの人類学へ』（講談社選書メチエ）など。

## Message

新聞記事と川柳という組み合わせの俗っぽさ、それにシュルレアリスムの自動筆記のような実験的な論理性が矛盾しながら共存していることがコラージュ川柳の醍醐味だと思います。
三十句ほど作ったなかで、これは特に何も考えず作りましたが、周りから「あるある！」と意外な人気を得ました。巨大な「自己犠牲」から溢れでる想いを感じてください。

ただただ驚き　アレよアレよと　自己犠牲

## Profile

# 山崎あみ

（やまざき・あみ、1997年東京都生まれ）

タレント・モデルを中心に活動。6年間お天気コーナーを担当した日本テレビ「ズームインサタデー」では“あーみん”の愛称で親しまれた。
現在、interfm「MUSIClock with THE FIRST TIMES」（月〜木）、Podcast番組『B-Side Talk〜心の健康ケアしてる？』、「山崎あみ『うるおう』リコメンド presented by Kyodo News」にもレギュラー出演中。

## Message

コラージュ川柳を作るにあたって、一目で見つけられるように、家の床に3m × 3mくらいの範囲に切り抜きを広げるところから始まり、しばらくは切り抜きと共に生活しました！　もう家族同然です。
可能性が無限大で、何パターンかできましたが、完成した時に一番ニヤニヤとした作品です。

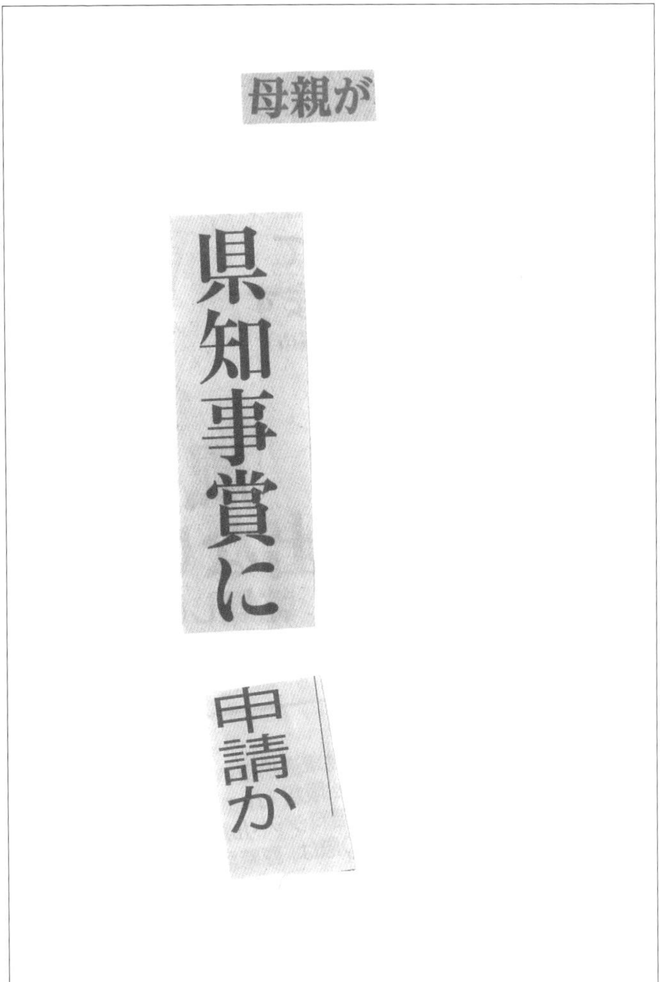
母親が
県知事賞に
申請か

母親が　県知事賞に　申請か

# 第5章
# 「コラージュ川柳」の世界を描いてみた

本書には、淀川テクニック氏の「コラージュ川柳」と、
イラストレーターや漫画家とのコラボレーション作品を収録している。
各作品のキーワード・雰囲気から生み出された奇跡の一枚をご覧あれ！

巻頭カラー イラスト

Profile

## 五月女ケイ子（そおとめ・けいこ）

イラストレーター、エッセイスト、漫画家。
2022年書籍「新しい単位」がベストセラーに。以降、さまざまな媒体でイラスト活動を行う。LINEスタンプは海外でも人気に。台湾で展覧会を開催したりする。著書に「レッツ！！古事記」（講談社）、「乙女のサバイバル手帖」（平凡社）、「桃太郎エステへ行く」（東京ニュース通信社）など。
X https://x.com/keikosootome/
インスタグラム https://www.instagram.com/keikosootome

Message

カニの人間宣言説明会、想像力を掻き立てられるパワーフレーズでした。
一コマでは描き切れなかったので、いつか漫画にしてみたいです。
コラージュ川柳は楽しそうだし、探しながら新聞も読めて人生お得になりそうなので、皆さんもぜひ作ってみてください。

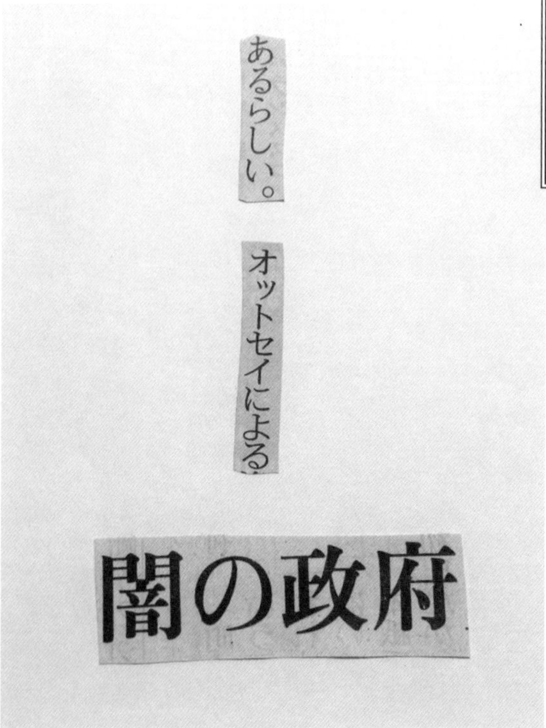


お題

あるらしい。 オットセイによる 闇の政府

Profile

## 木内達朗（きうち・たつろう）

イラストレーター／ペインター。国際基督教大学教養学部生物科卒業。アートセンター・カレッジ・オブ・デザイン、イラストレーション科卒業。広告、雑誌、絵本、マンガ、書籍装画、エッセイなど幅広く活動。東京イラストレーターズ・ソサエティ会員。イラストレーション青山塾講師。ペンスチ主宰。

https://twitter.com/kiuchitatsuro

Message

オットセイの名前は、日本人のポピュラーな苗字を集めてみました。国会のインテリアに施された過剰な装飾を描くのにハマりました。川柳と併せていろいろ読み取ってもらえると嬉しいです。

お題

朝起きて　ほどよい頃に　おどりたい

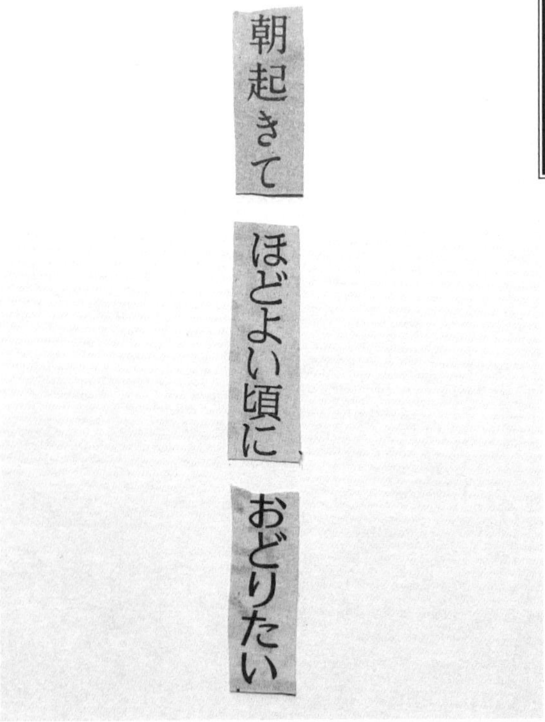


Profile

## 相原コージ（あいはら・こーじ）

漫画家。1963年北海道生まれ。代表作『かってにシロクマ』（双葉社）、『コージ苑』（小学館）、竹熊健太郎との共著「サルでも描けるまんが教室」シリーズ（小学館）。

近著は「うつ病になってマンガが描けなくなりました」〈発病編〉〈入院編〉。双葉社より発売中です。

https://twitter.com/kojiaihara

Message　ジワッ・・と浸みてくる。タイパの時代、こうゆうの大事。

お題

全員に　フリースパンツ　オフィスビル

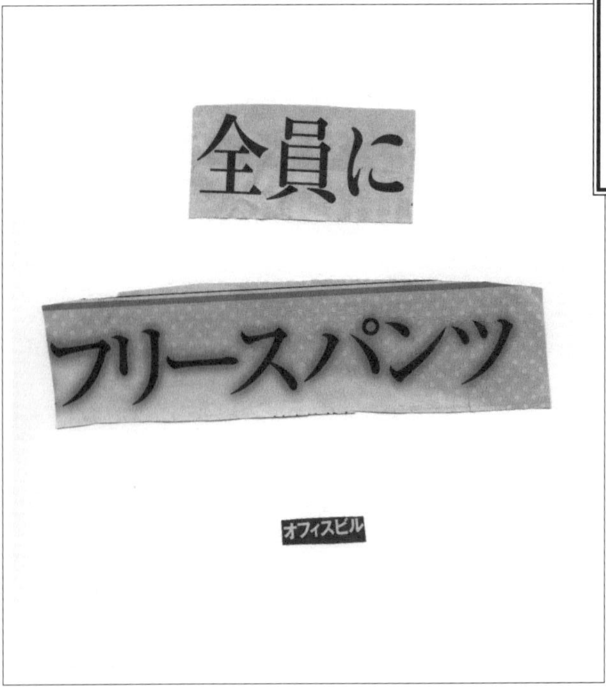


Profile

## まぼ

2児の子育てをしながらSNSにコミックエッセイを投稿しております。
書籍『よいたん3歳、ときどき先輩。』、『しおさん1歳　令和ギャル爆誕の道のり』（共にKADOKAWA）発売中。
https://twitter.com/yoitan_diary

Message

お題に沿ってイラストを描くという初めての試みだったのですが、
言葉のコラージュという、奇想天外な発想、すべての作品が面白すぎて
イラストもどんどんアイデアが湧いてきました。

書籍のどこかに、私の描いた隠れイラストがあるので探してみてくださいね。

# 第6章

# 広がる！「コラージュ川柳」の世界

「コラージュ川柳」が誕生したのは二〇一一年。
大阪市が中心となって設立された芸術創造活動支援事業実行委員会は、大阪市北区の中之島にアートインフォメーション&サポートセンター「中之島4117」を開設（現在は閉館）。その「中之島4117」で開かれた〝郵便受けを使った展示〟のために生み出したのが「コラージュ川柳」だった。
その後二〇一五年、非常勤講師をしていた京都造形芸術大学（現：京都芸術大学）で生徒たちと「コラージュ川柳倶楽部」を結成。Twitter（現：X）のアカウント（@collage575）を作成し、それらの作品を投稿したところ、瞬く間に話題となった。
――正直ルールを思いついた自分より圧倒的に面白いコラージュ川柳を作る生徒たちに若干ジェラシーを感じているのですが（笑）、それよりもこの珍妙な倶楽部に入部してくるだけのことはあるな〜というメンツが揃っていいます
と当時の淀川テクニック氏は語っていた。
「コラージュ川柳倶楽部」の活動は二〇一八年に一段落した。その後、しばらく経って淀川テクニック氏本人が先出のXアカウントで一日一作品を投稿し続けている。日々、多くの感想が寄せられる他、作品から得たイメージをイラスト化する人がいたり、作者の思いも寄らない作品がバズったり、賑やかなアカウントとなっている。

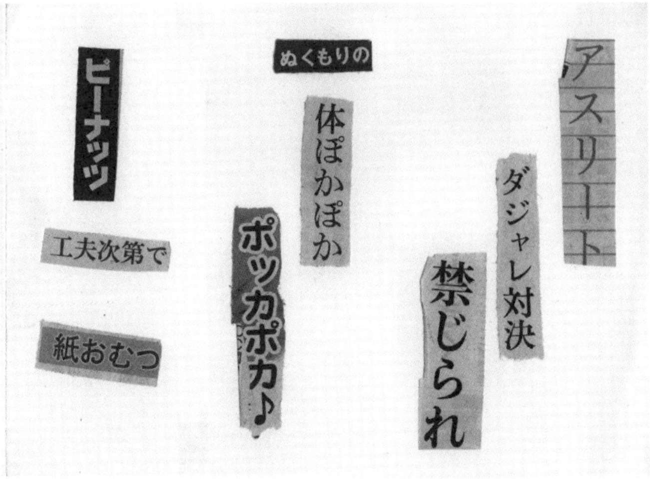


淀川テクニック氏が初めてつくった作品

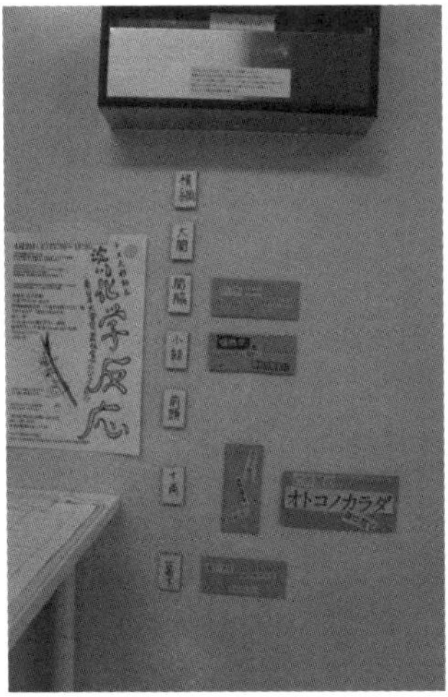


記念すべき「コラージュ川柳」の初イベント「中之島4117」で参加者がつくった作品の展示風景

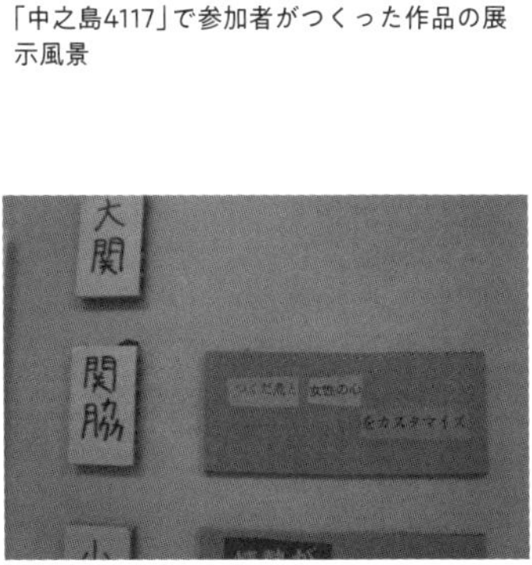

「コラージュ川柳」は「知的一人遊び」から、人々を巻き込んだ芸術であり、参加型エンターテイメントに進化した。

X（旧：Twitter）では淀川テクニック氏の作品を見て、多くの人がオリジナルの作品を発表してたびたび話題となっている。「#コラージュ川柳」で検索すると様々な人の作品を見ることができる。

## コラージュの歴史と「コラージュ川柳」の魅力

「コラージュ」とは、そもそもフランス語で「糊付け」を意味する絵画技法の一つである。新聞や雑誌などの印刷物の切り抜き、壁紙や布など様々な素材を画材とし、切り取ったイメージを膨らませながら糊で貼り付けて完成させる芸術なのだ。

「コラージュ川柳」の面白いところはハサミや糊があり、川柳を知っている人ならば、誰でも作品をつくることができるという点だ。工作やアート的な要素と川柳づくりが混在しているというのも魅力である。

昨今、若者の活字離れが言われて久しい。普段、新聞を読むことのない若い世代や小さな子どもでも簡単にチャレンジできることから、「コラージュ川柳」は様々な広がりを見せている。

## ワークショップ「コラージュ川柳物語」

2017年　飯田小学校（大分県）にて

1年生から6年生が交ざった縦割りのグループで、「コラージュ川柳」に挑戦。出来上がった作品を黒板に貼り、体を動かすミニゲームへ。

その内容は「コラージュ川柳」内の1フレーズを、次々に即興でポージングするというもの！

「コラージュ川柳」のイメージを頭の中で広げて、それを動きとして表現し伝えるという「コラージュ川柳物語」は子ども達に大盛り上がりだ。

## ワークショップとコンテスト

新聞を題材として、工作・アートそして川柳の世界に触れることのできる「コラージュ川柳」は、全国各地の学校でも注目されている。

新聞を教材として活用するＮＩＥ（Newspaper in Education）活動の一環として、美術や国語の授業の中で取り上げられることも多い。

古新聞を材料に……という「コラージュ川柳」。全国各地の新聞社でコンテストが行われてきたが、二〇二二年からは、日本新聞協会主催でのコンテストも実施されている。親子で楽しく取り組む様子や、完成した作品を満面の笑みでカメラに向ける子ども達が写真に収められるなど、コンテストは大きな盛り上がりを見せている。

『「コラージュ川柳」をたくさんの人に楽しんでもらいたい！』と語る淀川テクニック氏は、全国各地でワークショップを開催している。その場所は美術館から町の公民館まで様々。

また、ワークショップの開催依頼や、「コラージュ川柳」イベントの審査依頼も受付中。お問い合わせは、淀川テクニック氏のマネジメント会社「ユカリアート」公式ＨＰまで。

「＃親子でコラージュ川柳」投稿コンテスト（日本新聞協会、2022）の受賞作品

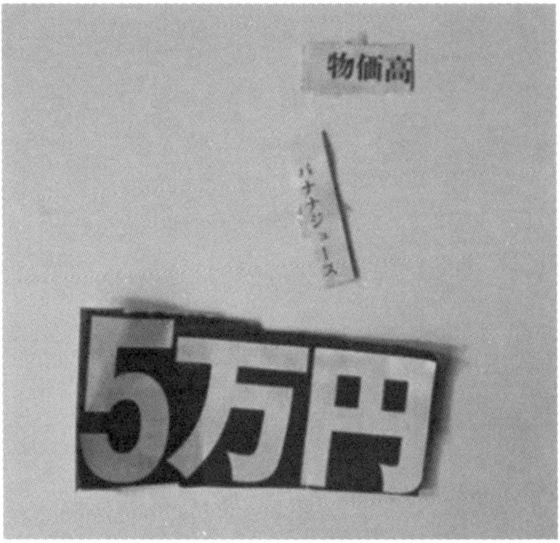


物価高　バナナジュース　５万円

世相を映す言葉が並ぶ新聞らしさを感じられる一句としてグランプリに

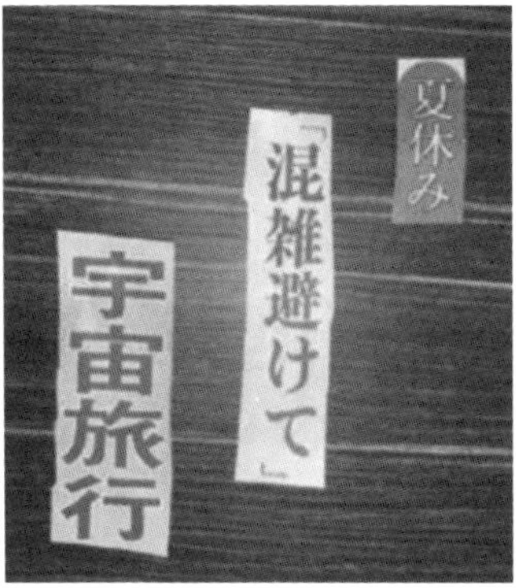


準グランプリ

夏休み「混雑避けて」宇宙旅行

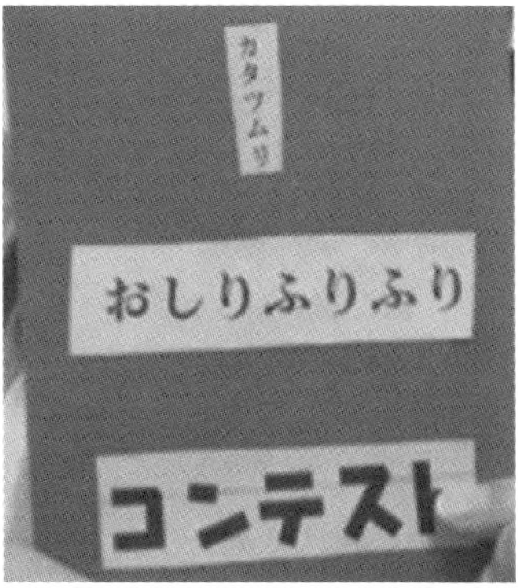


準グランプリ

カタツムリ　おしりふりふり　コンテスト

## ＜あちこちで開かれるワークショップ＞

2011年

「ポストギャラリー」中之島4117【大阪】

「HOSOMI TO CONTEMPORARY 004 -too contemporary art lab-」細美美術館【京都】

2015年〜2018年

「コラージュ川柳倶楽部」、京都芸術大学（旧・京都造形大学）【京都】

2022年

「淀川テクニック　講演会＆コラージュ川柳ワークショップ」玉野市立公民館【岡山】

2023年

「第26回岡本太郎現代芸術賞」川崎岡本太郎美術館【神奈川】

「くどやま芸術祭2023」九度山町【和歌山】

2024年

「渋谷猫張り子と仲間たち展、淀川テクニック・コラージュ川柳ワークショップ」渋谷ヒカリエ8/CUBE【東京】

## ユカリアートとは？

東京を拠点に現代美術家のマネジメントや作品の販売、
展覧会の企画・開催を行う。

現在は淀川テクニック氏を含む5名の美術家が所属している。

公式HP ▶ https://yukari-art.jp/jp

# 第7章

# 「コラージュ川柳」傑作選③

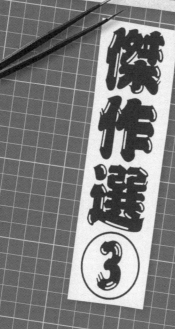

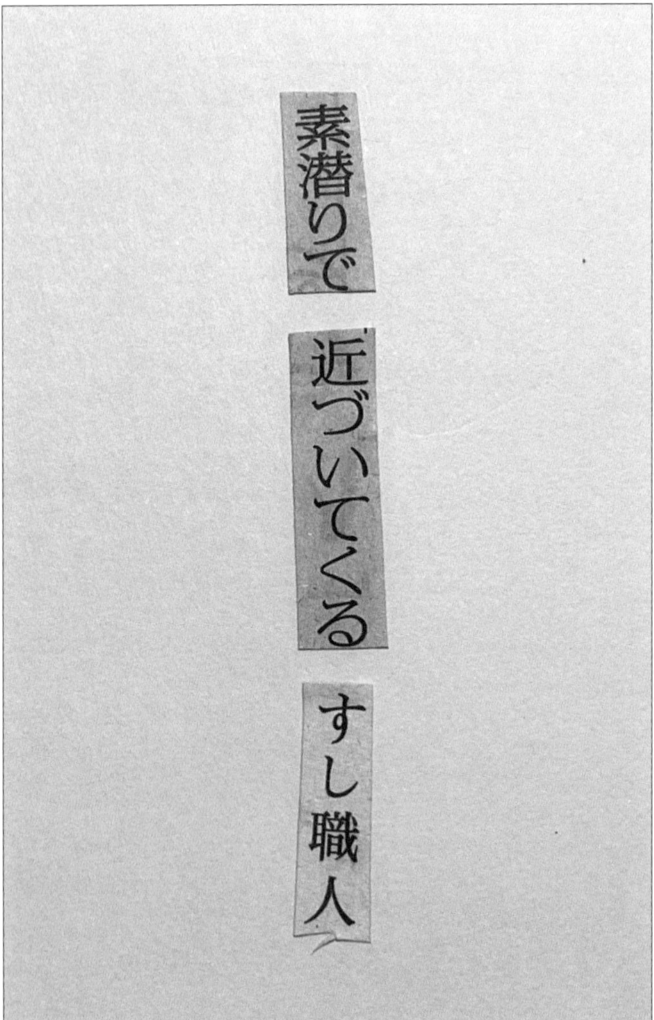


素潜りで　近づいてくる　すし職人

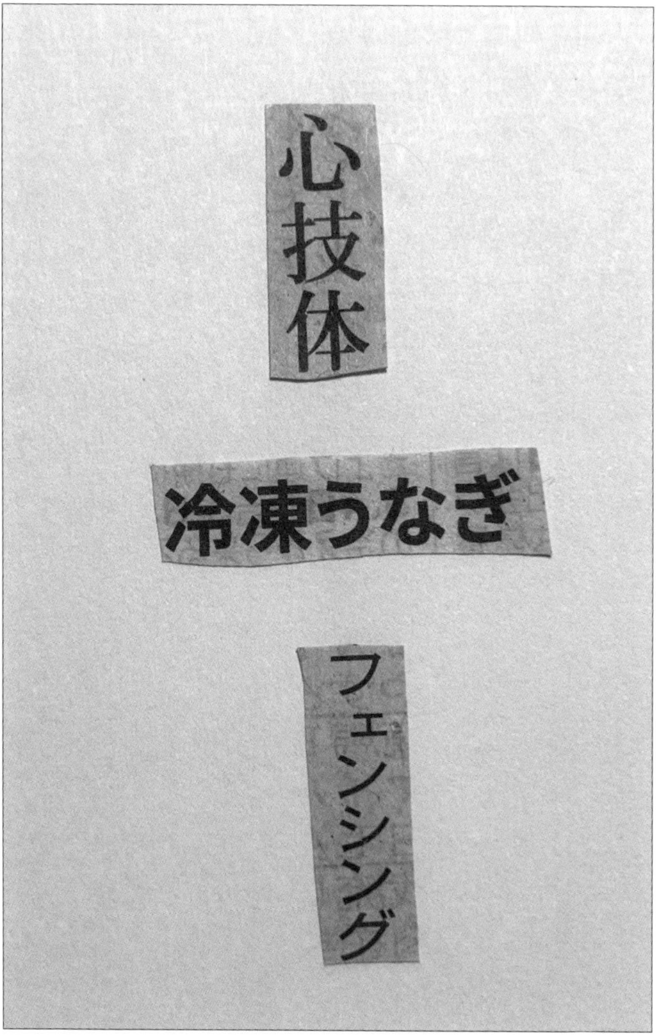


心技体　冷凍うなぎ　フェンシング

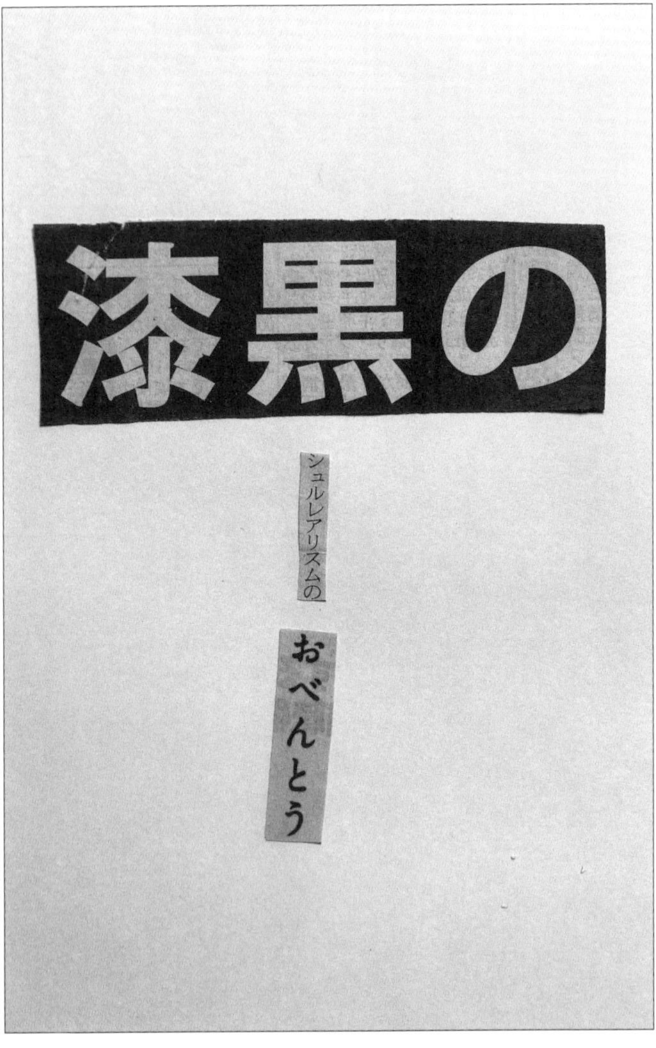


漆黒の　シュルレアリスムの　おべんとう

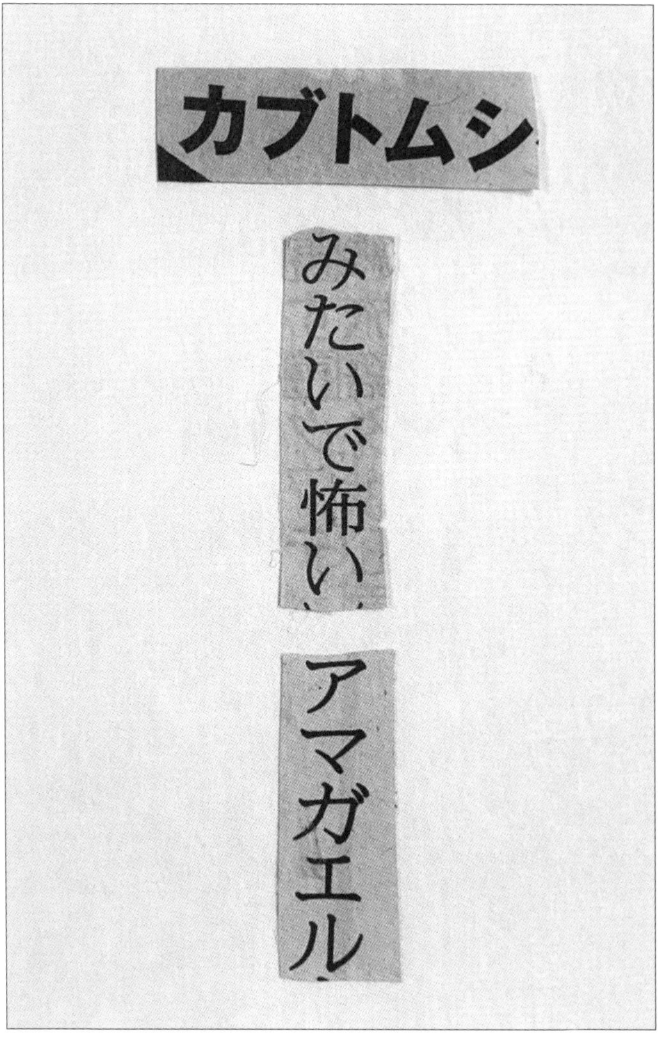


カブトムシ　みたいで怖い　アマガエル

事実上　心身ともに　カブトムシ

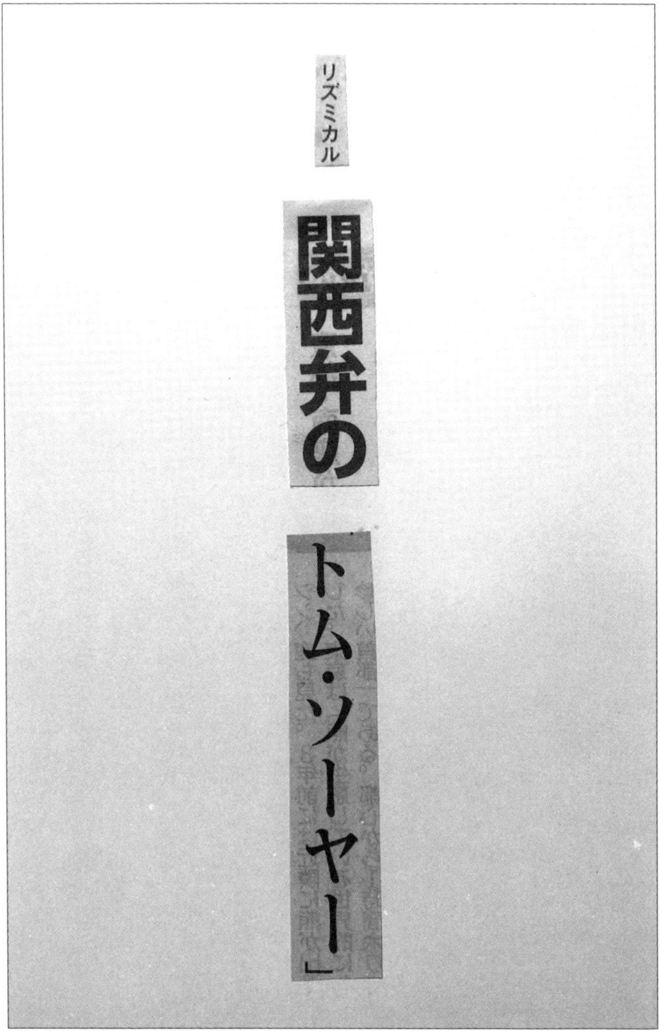


リズミカル　関西弁の　トム・ソーヤー

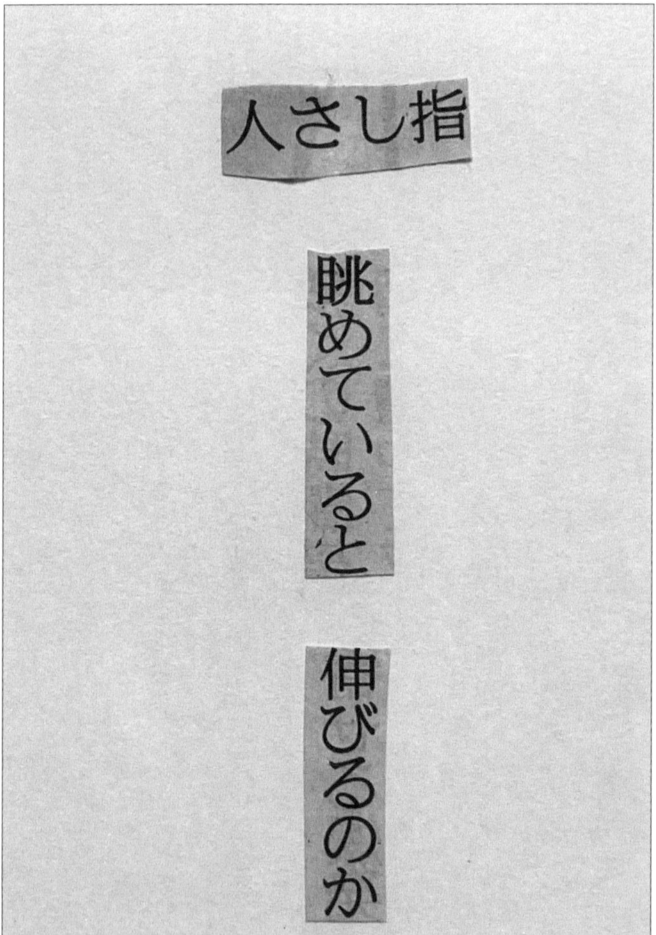


人さし指　眺めていると　伸びるのか

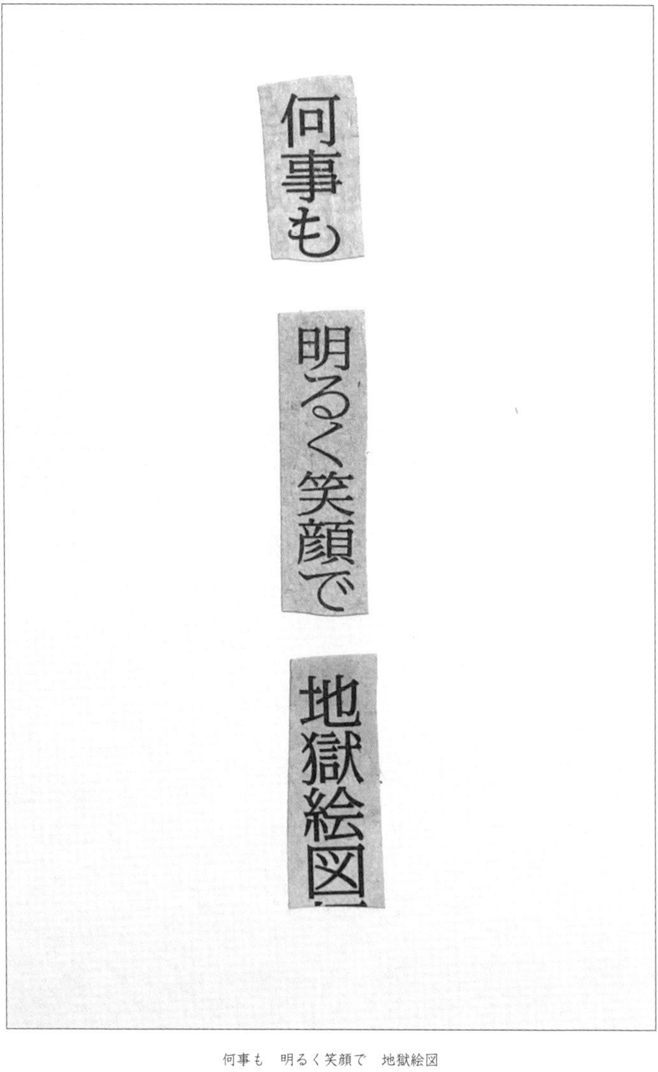


何事も　明るく笑顔で　地獄絵図

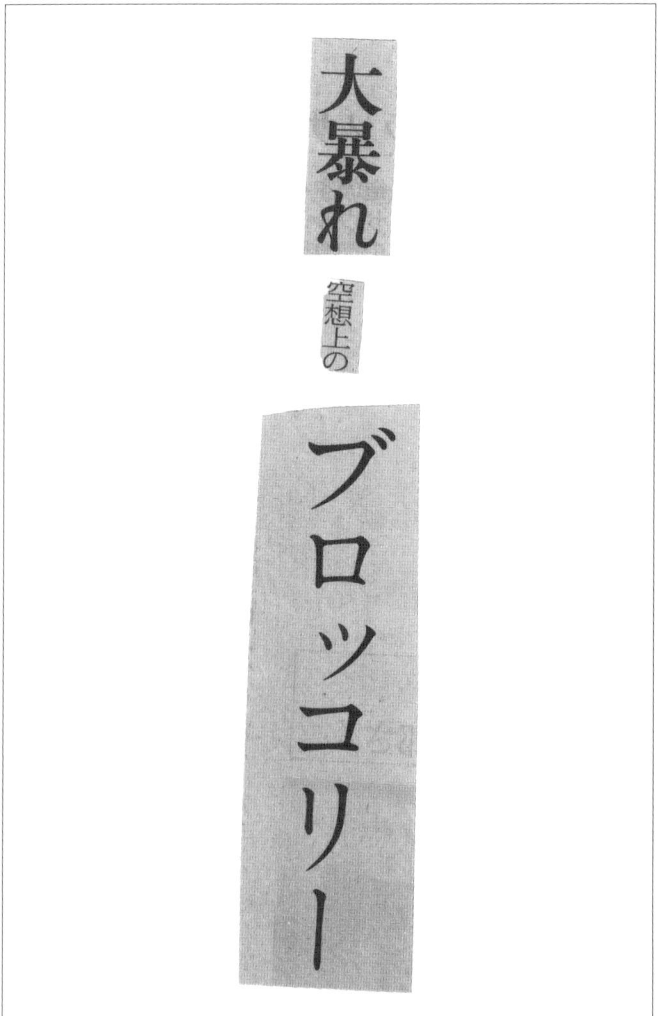


大暴れ　空想上の　ブロッコリー

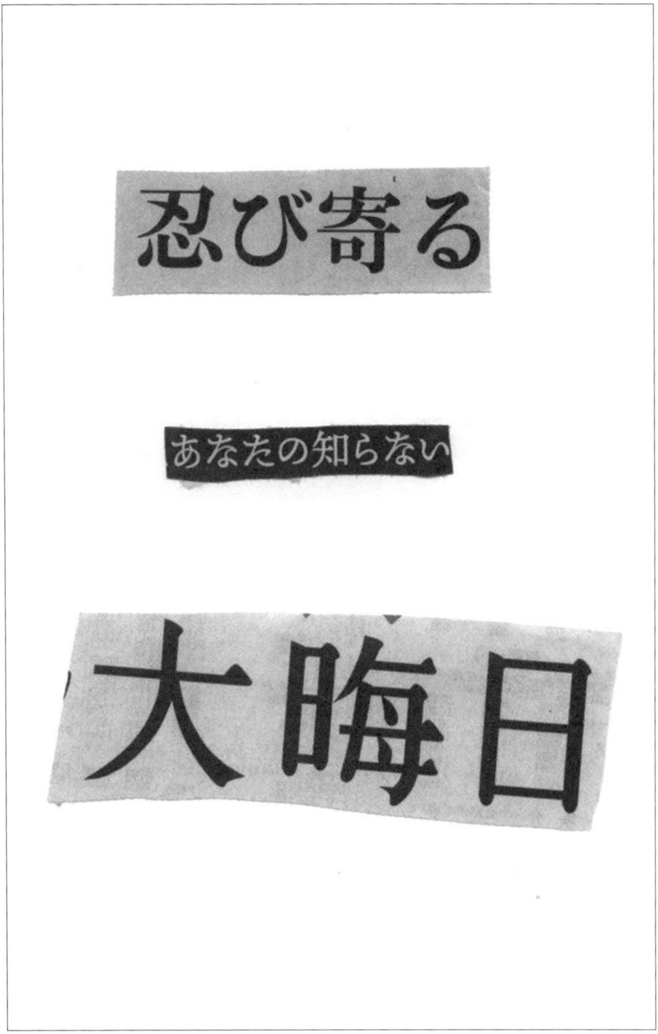


忍び寄る　あなたの知らない　大晦日

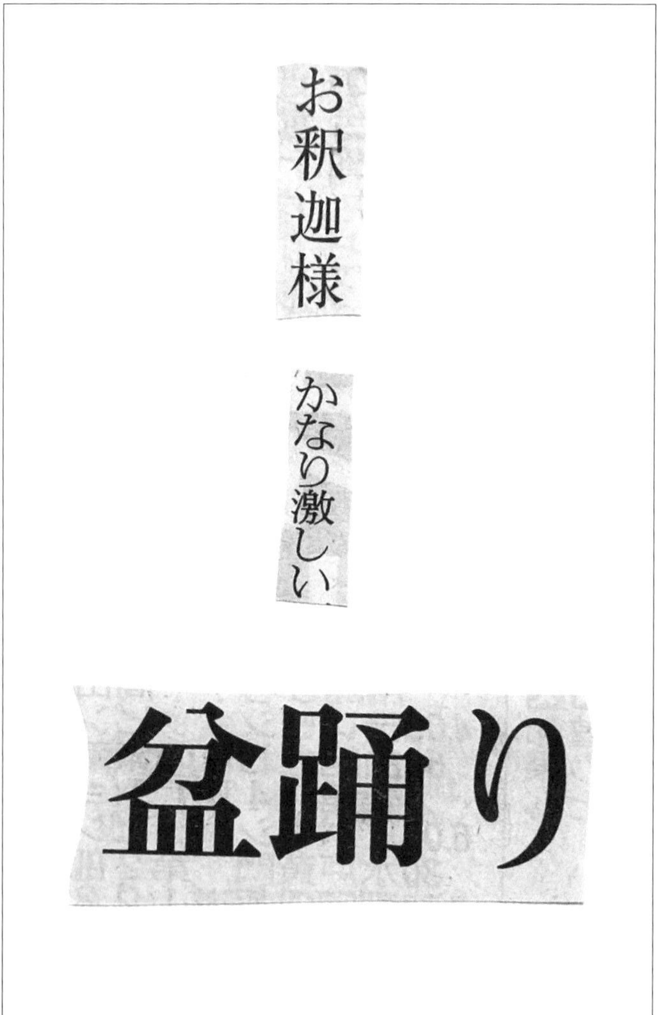
お釈迦様
かなり激しい
盆踊り

お釈迦様　かなり激しい　盆踊り

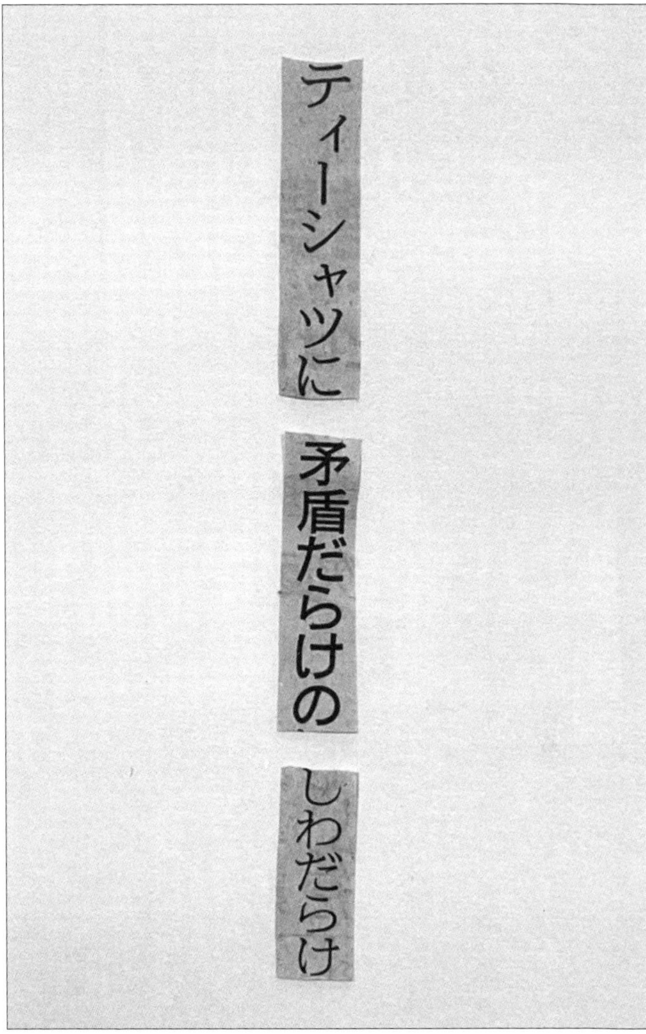


ティーシャツに　矛盾だらけの　しわだらけ

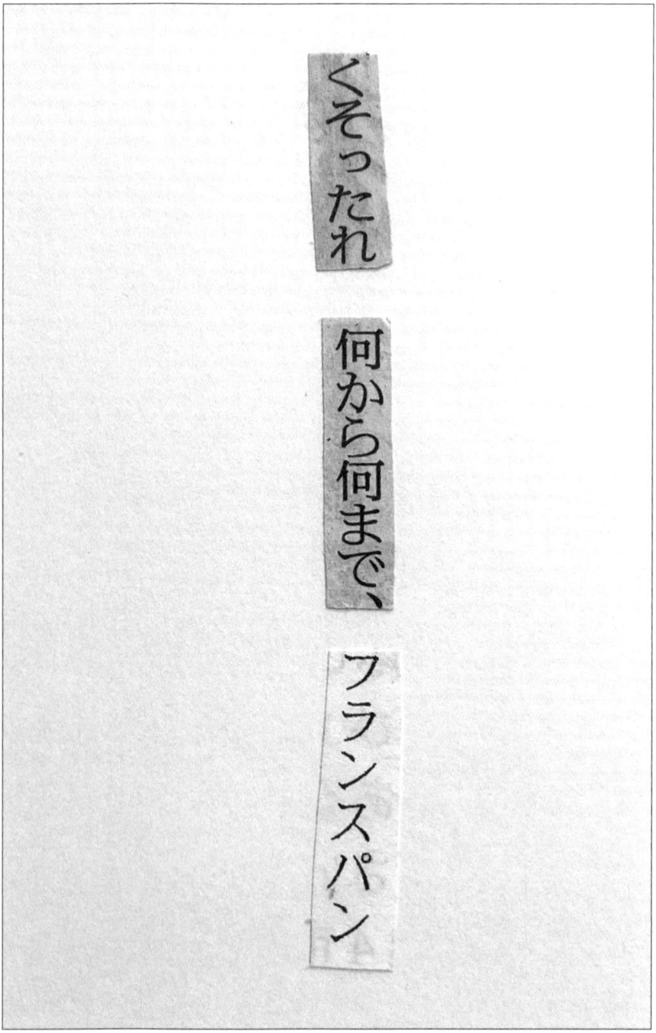


くそったれ　何から何まで、　フランスパン

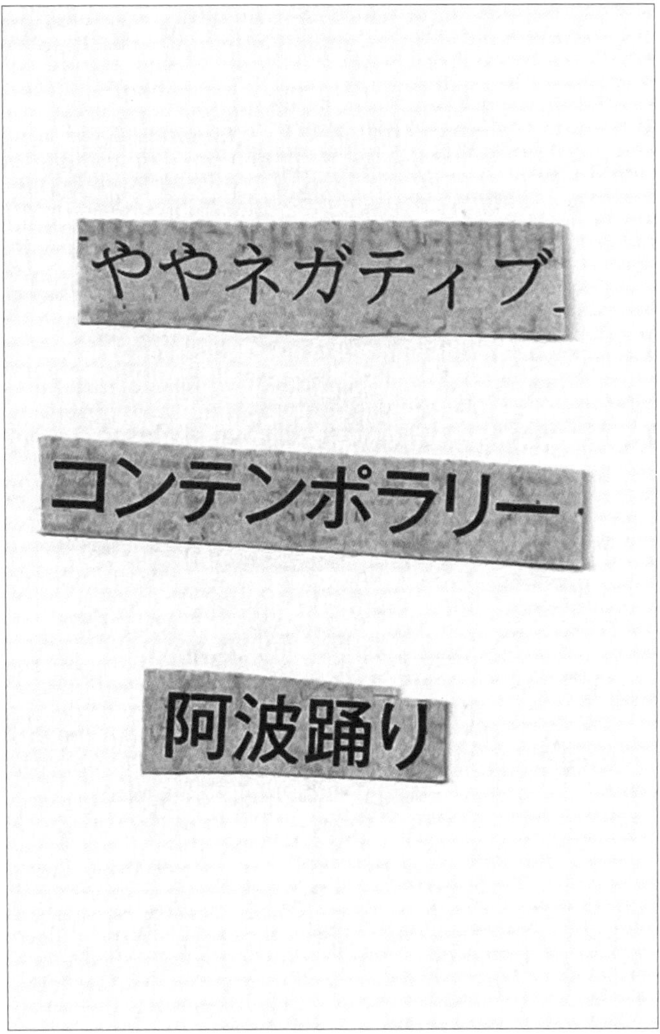


ややネガティブ　コンテンポラリー　阿波踊り

初公判　お祭りムード　などの罪

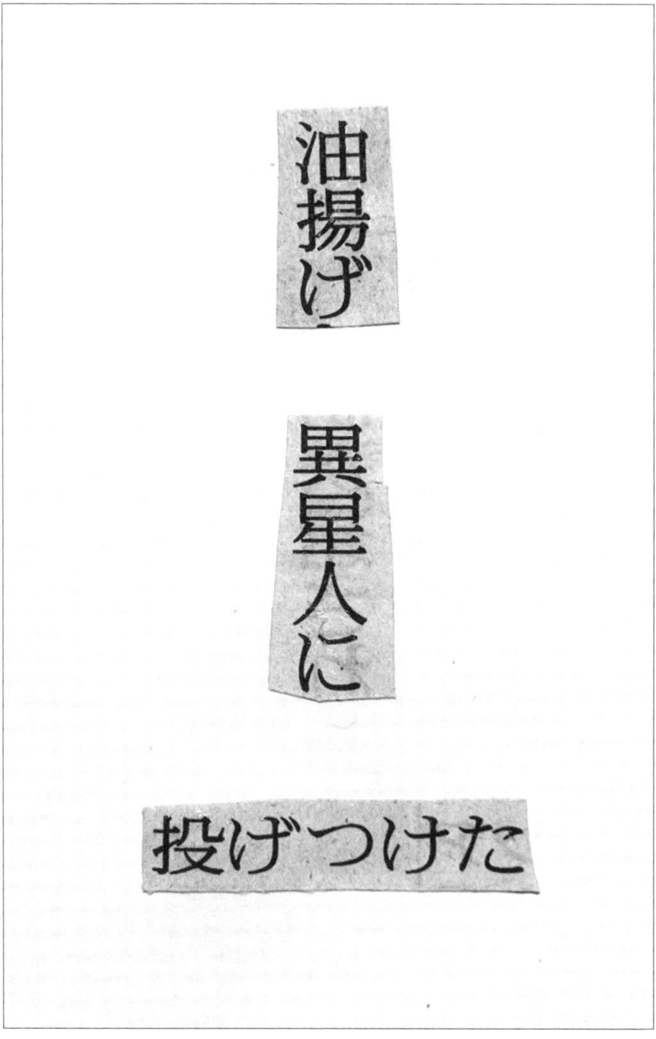


油揚げ　異星人に　投げつけた

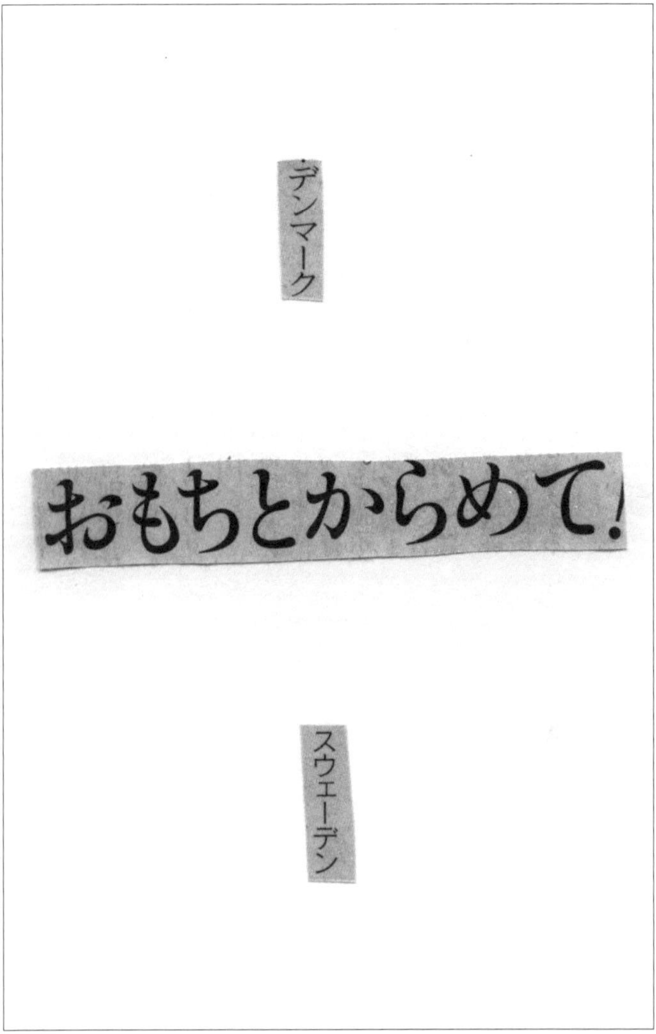


デンマーク　おもちとからめて　スウェーデン

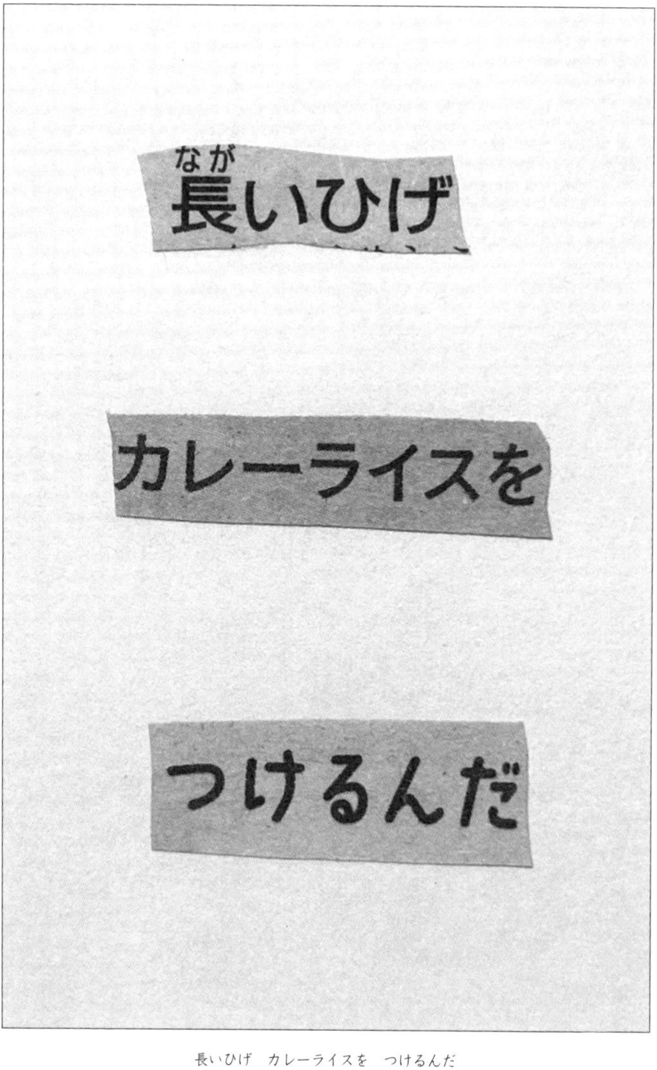
長《なが》いひげ
カレーライスを
つけるんだ

長いひげ　カレーライスを　つけるんだ

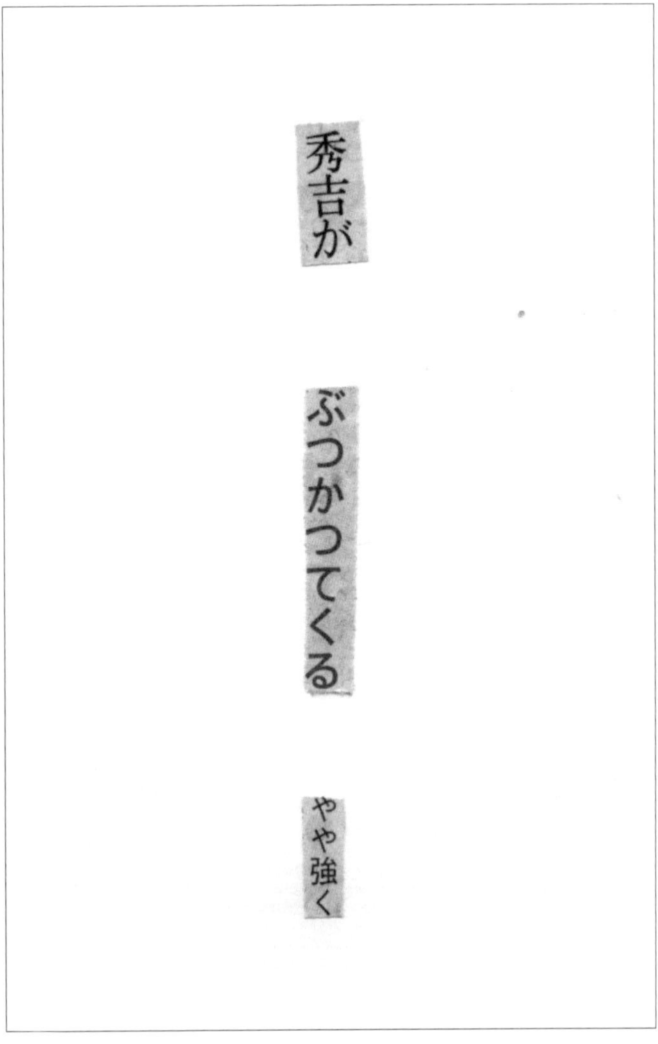


秀吉が　ぶつかつてくる　やや強く

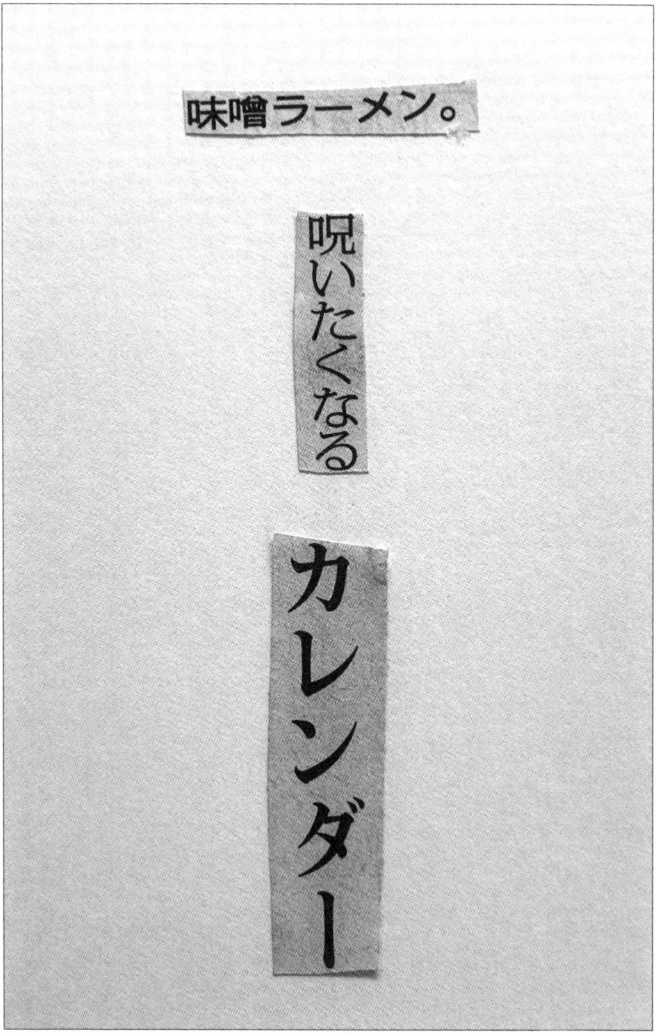


味噌ラーメン。　呪いたくなる　カレンダー

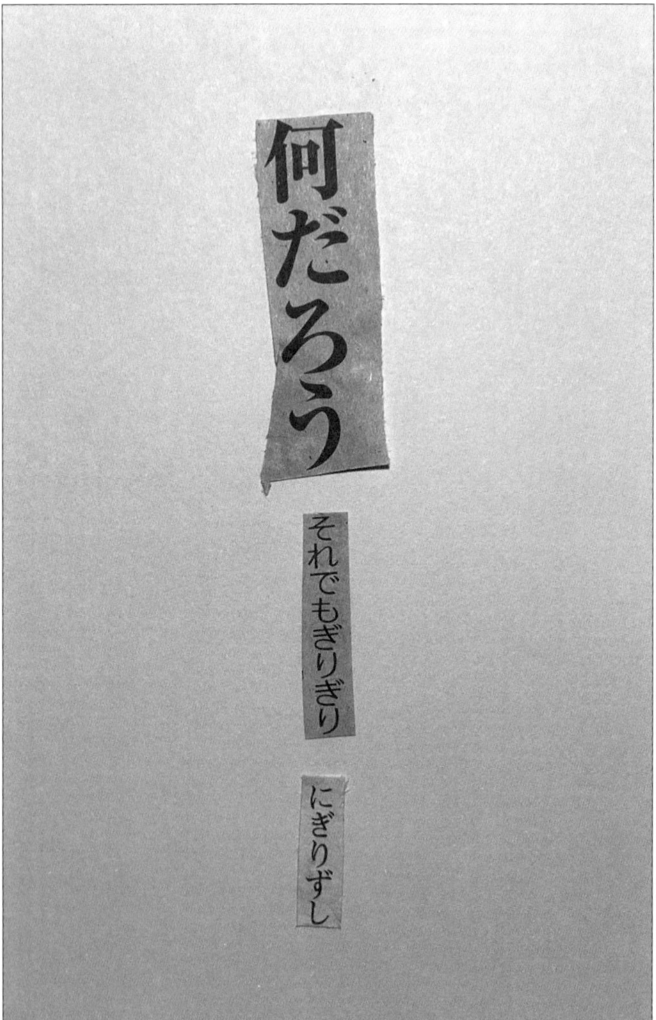


何だろう　それでもぎりぎり　にぎりずし

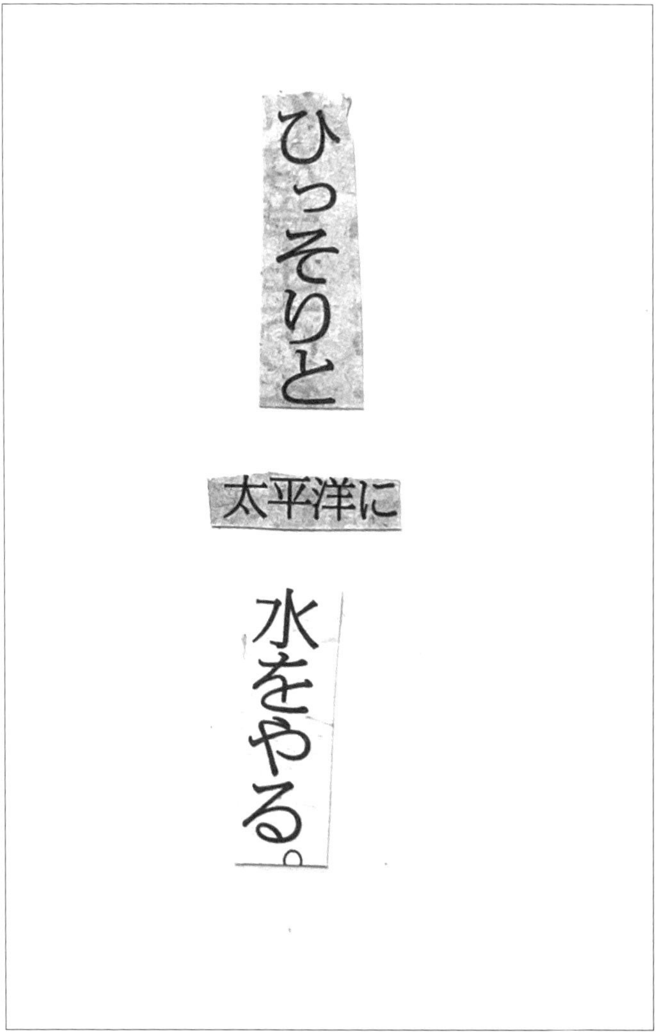


ひっそりと　太平洋に　水をやる。

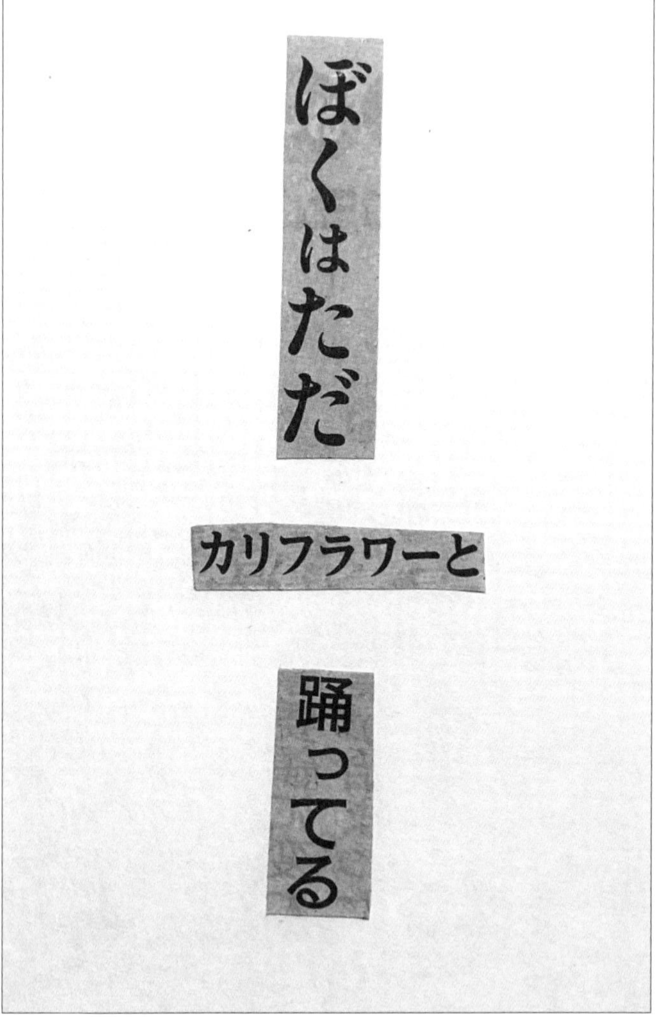


ぼくはただ　カリフラワーと　踊ってる

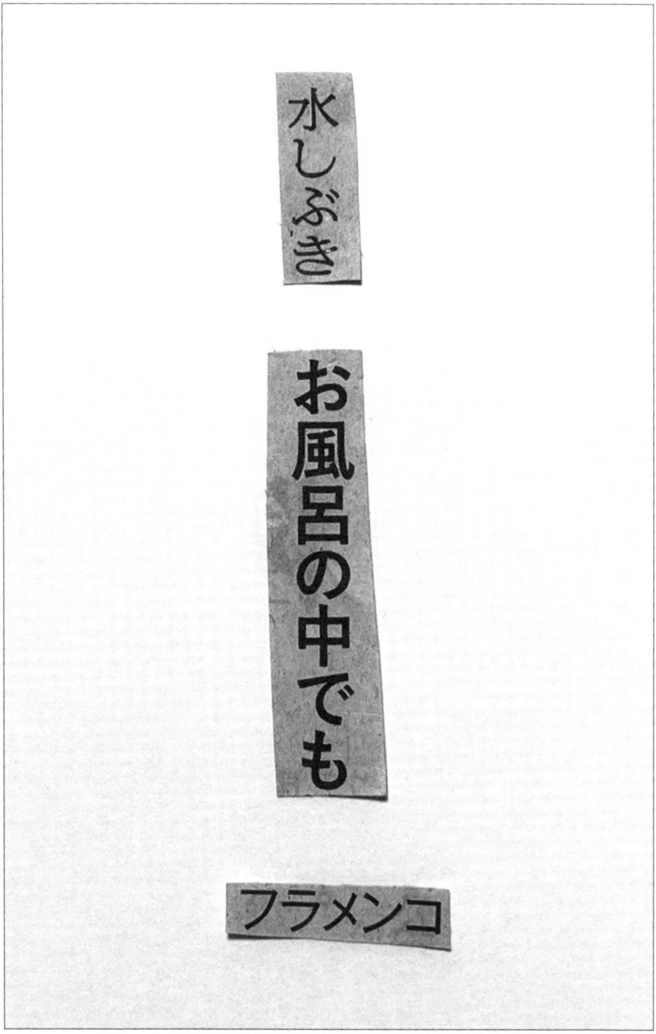


水しぶき　お風呂の中でも　フラメンコ

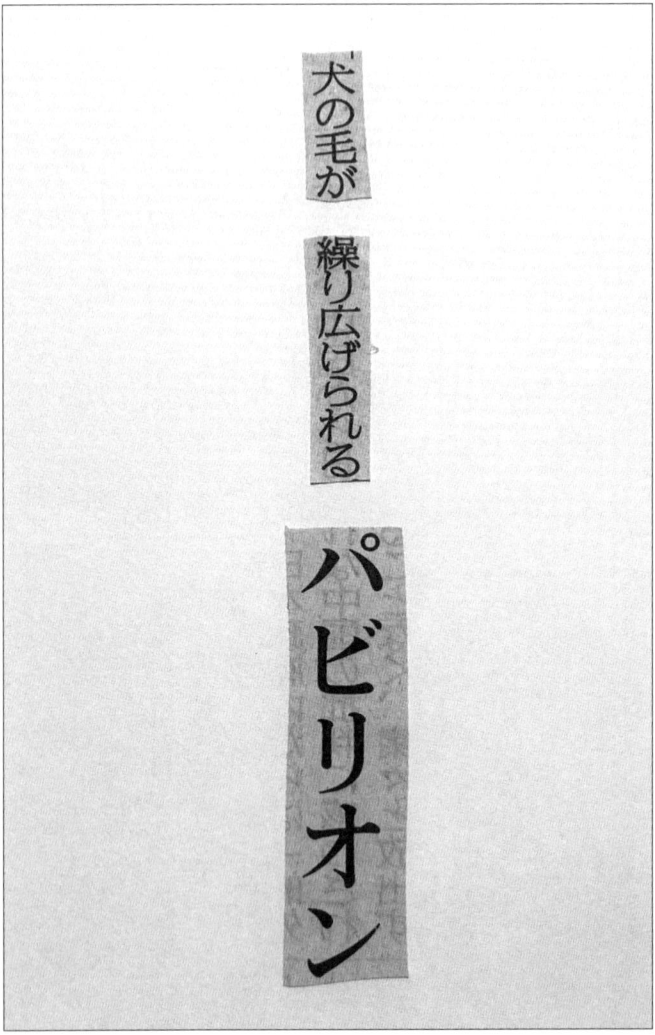


犬の毛が　繰り広げられる　パビリオン

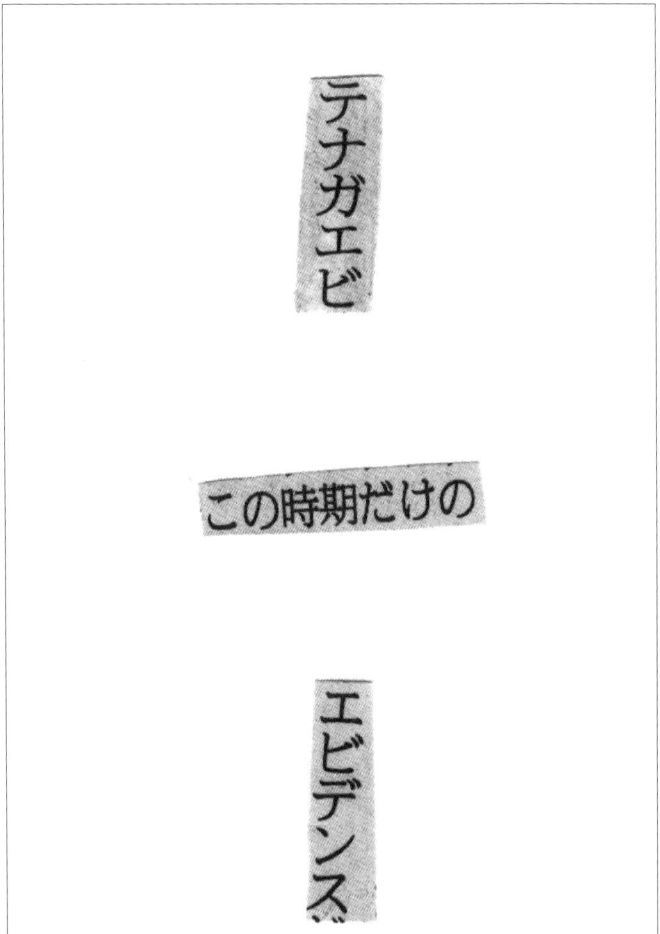


テナガエビ　この時期だけの　エビデンス

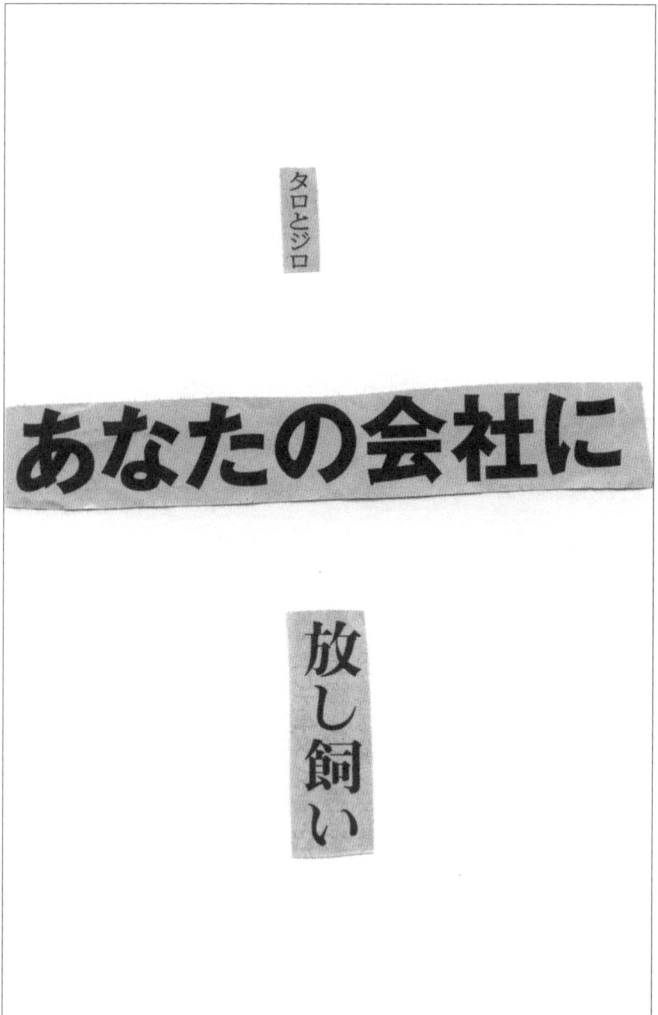
タロとジロ
あなたの会社に
放し飼い

タロとジロ　あなたの会社に　放し飼い

# 第8章

# やってみよう！

## 「コラージュ川柳」

## コラージュ川柳の作り方

この本を読んで、自分でも「コラージュ川柳」を作ってみたくなったあなた。そんなあなたへ、「コラージュ川柳」の作り方を紹介しよう！

とは言っても、必要なものはごくわずか。思い立ったら即作れる手軽さが、「コラージュ川柳」の魅力なのだ。

### 用意するもの

まず、必要な道具をお伝えしよう。

・新聞、チラシ、雑誌など、コラージュの元になる素材
・ハサミやカッター
・作品を貼る用紙、糊

「コラージュ川柳」の魅力は、言葉の組み合わせの妙だけでなく、質感やサイズが異なる素材同士がコラボレーションするビジュアルの面白味にもある。包装紙、箱、割り箸の袋など、普段はすぐに捨ててしまうような紙ゴミにも、光る素材が眠っている。

ちなみに淀川テクニック氏は、作業をしやすいように、小さな切り抜きを扱うためのピンセットを使用しているという。

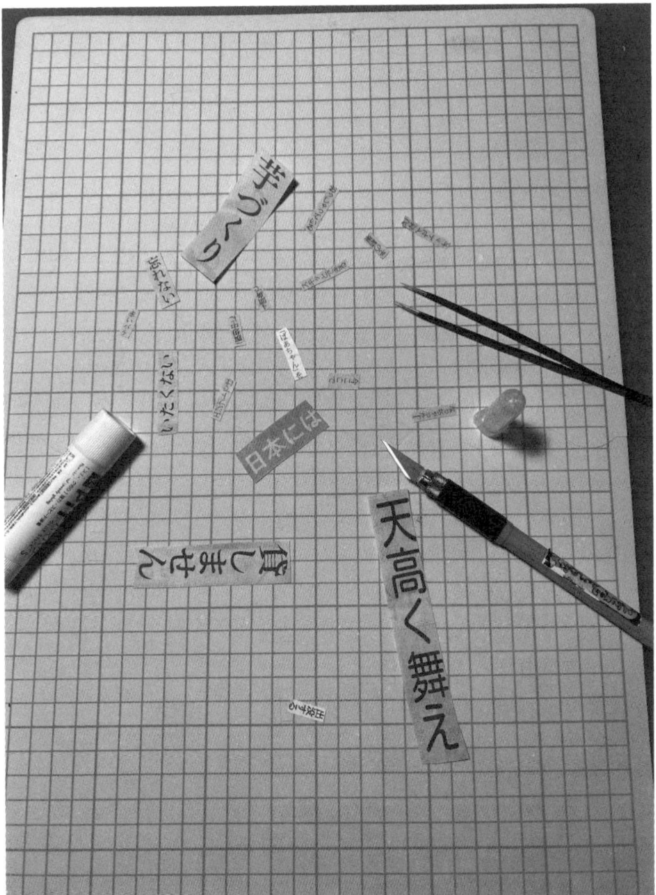


淀川テクニック氏の愛用品

また、切り取った紙が風で飛んだりしないように、箱やトレーがあると便利だ。

## ちょっと待って！　そもそも、川柳って何？

「コラージュ川柳」のルールを説明する前に、「川柳」について簡単に説明しよう。
川柳とは江戸時代中期に生まれた文芸ジャンルの一つで、五・七・五のリズムで詠む定型詩だ。
元々は「連歌」という、前の人が作った五七五の歌に別の人が七七の下の句を付け、さらに別の人が五七五の句を付ける……といったことを繰り返して作品をつくる文芸があり、この中から「別の人が付ける五七五の句」だけが独立して生まれたのが川柳だ。
そのため、五・七・五の計十七音で成る、というのが基本ではあるが、
「字余り」＝定型より文字が多いこと
「字足らず」＝定型より文字が少ないこと
といったイレギュラーも、表現の一つとして認められている。さらには、「自由律」＝十七文字の形式を破った様式も存在する。
ちなみに、川柳と同じ《五七五》の定型詩には俳句も存在するが、川柳とは主に次の三点が異なっている。

①季語
川柳……季語を入れる必要はない
俳句……春夏秋冬（＋新年）というそれぞれの季節の感じを表すため、その季節を表す「季語」を入れなければならない

②文型
川柳……原則として口語体（話し言葉）を用いる
俳句……原則として文語体（書き言葉）を用いる

③テーマ
川柳……人の感情の機微や日々の暮らし、人生、時事など、人間や社会に関する内容を詠む
俳句……動植物や風景など、四季の自然に関する情景描写を詠む

比べると、川柳の方が決まり事が少なく、より自由に表現できることがわかる。

そのため、俳句に比べると川柳は庶民的な傾向が強く、内容も風刺が利いていたり、時には下ネタやお色気などをテーマにしていたり、人情味とユーモアあふれる作品が多い。日々の生活の小さな出来事や、ふと感じた気持ちを、格式張らずありのままに詩にできるのが川柳なのだ。

## 「コラージュ川柳」のルール

いよいよ、「コラージュ川柳」のルールを説明しよう。とは言っても、
〝新聞の五文字と七文字を切り取って、貼り付けるだけ〟
——と、この一文で済んでしまう。
戸惑う読者の皆様の顔が目に浮かぶので、もう少し詳しく説明しよう。

ルール
・新聞などの印刷物の五文字と七文字を切り抜き、《五・七・五》になるように組み合わせて、元の文章とは全く違う内容の川柳を作る。
・字余りなどは本来の川柳のルールに準ずる。

・「、」「。」や読み仮名を一緒に切り抜くことも可。

禁止事項
・二文字＋三文字や五文字＋二文字など、上の句・中の句・下の句それぞれの中で二つ以上のコラージュを使うこと。
・「は」や「を」など、助詞だけを切り抜いて使うこと。

……詳しく説明しても、八行に収まってしまった。
そう。それだけ「コラージュ川柳」とは、自由でシンプルな遊びなのである。
このルールさえ守っていれば、見せ方も作り方も、心の赴くまま自由。
切り取った単語を貼り付ける台紙だって、サイズにも色にも決まりはない。なんなら、紙でなくてもいい。
川柳のイメージに合わせて、木の板や石など自然素材に貼ってみたり、ファイルやビニールシートに貼ってみたり、なんなら自分の机や家の壁紙に貼って、大きな「作品」にしたっていい。

## 「コラージュ川柳」のポイント

準備万端、いざやってみよう！　と意気込んでも、インスピレーションがなかなか湧いてこない……。そんなあなたに、淀川テクニック氏からのアドバイス。

「言葉選びに迷ったら、まずは主役になる単語を探してみましょう」

五文字もしくは七文字でピンと来る単語（文字の塊）を発見したら、切り抜いて大事にストック。

この主役単語を軸にして、あれこれ切り抜きを並べ替えて試してみよう。

うまく上の句、中の句、下の句で繋がれば、コラージュ川柳の完成だ。

ちなみに、もっと面白い川柳を作りたいあなたにも、淀川テクニック氏からのアドバイスがある。

「文章が繋がったら次は頭の中に絵が浮かぶような組み合わせを考えましょう。日常風景では面白くありません、プッと面白くなるような非日常な情景を思い浮かべることが出来れば上出来です。切り抜きをいろいろ組み合わせて楽しんでください」

本書の最後は、「コラージュ川柳」記録帳！
大事にしまっておくも良し、大切な人に見せるも良し、写真に撮ってＳＮＳにアップするも良し！
自分だけの「コラージュ川柳」をつくろう！

ぜひ、ハッシュタグ
**#コラージュ川柳**
を付けてね！

# おわりに

実は「コラージュ川柳」は僕がもっと年を重ねて、体を張った制作活動を引退してからの老後の楽しみにしようと思っていました。

それは淀川テクニックが行う作品制作がかなり過酷な作業だからです。荒地でのゴミ拾いに始まり、拾ったゴミの洗浄と仕分けをして、そのまま天候に関係なく屋外での制作が連日続きます。

そんな疲弊した状態で、新聞の細かい字を切り貼りして言葉を生み出す作業をするのはあまりに大変そうな気がしました。

また、自分の役目はアイデアを思いつくことで、その先は勝手にコンテンツになっていくだろうとも考えていました。

生み出したアイデアは自分の子供みたいなものですが、一度世に放てば色んな人が大事に育ててくれるだろうとふんわりと期待していました。

そんなある日、たまたまナイツの塙《はなわ》さんが書かれた文章を目にします。

僕はそれまで、芸人たるもの、いわゆる努力のようなことはすべきでないと思っていたんです。どこか、カッコ悪いことだと思っていた。自分の才能を信じてこの世界に入ったのだから、そんなことをせずとも口を開けて待っていれば、誰かがおいしいものを運んできてくれるに違いない、と。とんでもない思い違いでした。どんなにおいしいプリンを作る知識と技術を持っていても、それを作って、食べてもらわないことには、誰もその才能に気づいてくれません。僕はそれまで、プリンを作ったこともないのに「なんで俺がプリン作りの天才だってことに誰も気づかないのだろう」と思っていたんです。愚かですよね。「若さは馬鹿さ」を地で行っていました。先輩方は、なかなか芽が出ない若手に必ずと言っていいほどこうアドバイスします。

とにかく一本でも多くのネタを書きなさい、と。その通りでした。僕も今だったら、同じことを言います。プリン職人ならプリンを作りなさい。漫才師ならネタを書きなさい、って。

（「言い訳　関東芸人はなぜM－1で勝てないのか」著：塙宣之　集英社　二〇一九年）

僕は歌人でもないし、そもそも「コラージュ川柳」業界なんか存在しません。

ですからこの文章と私は何ら関係がないはずです。

それなのになんだか痛いところをチクチク刺してくる、喉に詰まった小骨のように感じました。そしてこの説教臭い文章は一旦忘れることにしました。
半年後、ゴミの作品制作の合間を見つけて「コラージュ川柳」を作成している自分がいました。
自分の生活ルーティーンに思い切って組み込んで、「コラージュ川柳」がどのようになるのか見届けてみたいと思ったのもあります。
一ヶ月ほど海外での制作があった時は日本語の新聞が手に入らなくなるので三日間ぶっ通しで四十句ほど作りためました。
二〇二一年の秋から毎日投稿を始めたので、この原稿を書いている二〇二四年の二月現在までにザッと八百句程作っていることになります。
このくらい作ってみても結局何をもって上手い「コラージュ川柳」とするのかはいまだによくわかりません。
唯一分かったことは「コラージュ川柳」に限らず、面白いって感覚は本当に人それぞれで、それはいくつかの種類に分類できるということでした。
それはまたの機会にご説明したいと思います。
X（旧：Twitter）での反応は数字に現れるのでとてもわかりやすいのですが、面白さはそれだけでは計れないと思っています。

こうしてネットの世界を超えたより多くの方々の目に触れていくことが本当に楽しみです。

最後に人生のこのタイミングで書籍化できたことを心から感謝します。

お声をかけてくださった宝島社の藤井さん、土岐さんをはじめとする編集部の方々、ユカリアートの三瀦ゆかりさん、家族のみんな、ワークショップを開催する場所を提供して下さった皆様、コラージュ川柳に挑戦して下さった皆様にこの場を借りてお礼を申し上げます。

淀川テクニック

年　月　日　曜日

詠んだ人

メモ

年　月　日　曜日

詠んだ人

メモ

年　月　日　曜日

詠んだ人

メモ

年　月　日　曜日

詠んだ人

メモ

年 月 日 曜日

詠んだ人

メモ

年　月　日　曜日

詠んだ人

メモ

年　月　日　曜日

詠んだ人

メモ

年　月　日　曜日

詠んだ人

メモ

年　月　日　曜日

詠んだ人

メモ

年　月　日　曜日

詠んだ人

メモ

# コラージュ川柳

（こらーじゅせんりゅう）

2024年3月27日　第1刷発行

---

著　者　　淀川テクニック

発行人　　関川 誠

発行所　　株式会社宝島社

〒102-8388 東京都千代田区一番町25番地

電話：（営業）03-3234-4621（編集）03-3239-0599

https://tkj.jp

印刷・製本　中央精版印刷株式会社

---



Printed in Japan

ISBN 978-4-299-04961-2

▼参考文献

『はじめての五七五 違いがわかる「俳句・川柳」上達のポイント 新装版』

監修：上野貴子、江畑哲男　メイツ出版　2022年

装丁・本文デザイン：網野幹也（トウジュウロウ デザイン）

DTP：山本秀一＋深雪（G-clef）

執筆：淀川テクニック、藤井直子、土岐光沙子

寄稿：久保明教、高木晋哉、高杉未来之進、ピエール瀧、山崎あみ、山本祥彰

イラスト：相原コージ、木内達朗、五月女ケイ子、まぼ

編集：宇城卓秀、土岐光沙子、藤井直子

監修：三潴ゆかり（ユカリアート）